AF561448

Film Pathé.

Simone Dupon-Martin était une ravissante blonde de dix-neuf ans.

CH. VAYRE ET R. FLORIGNI

L'AVIATEUR MASQUÉ

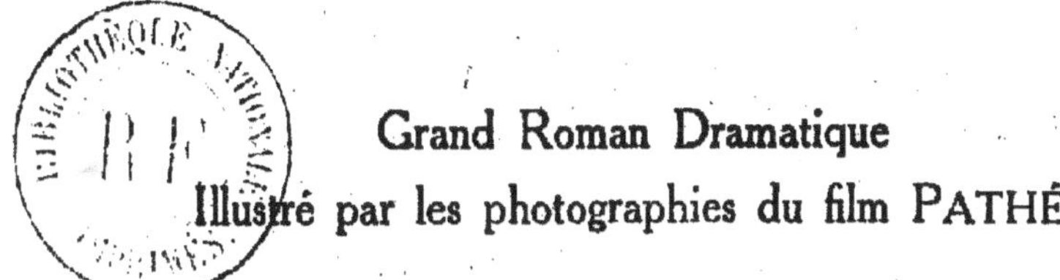

Grand Roman Dramatique
Illustré par les photographies du film PATHÉ

**

LES AILES D'AMOUR

CINÉMA-BIBLIOTHÈQUE
Éditions JULES TALLANDIER
75, Rue Dareau, PARIS (XIVe)

L'AVIATEUR MASQUÉ

DEUXIÈME PARTIE

LES AILES D'AMOUR

CHAPITRE PREMIER

LA MAISON DE SANTÉ

Prosper, ayant audacieusement exécuté l'enlèvement de Jean Dubreuil, s'était fort réjoui tout d'abord, lorsque, filant à toute allure, il avait eu la satisfaction de constater qu'il avait définitivement arraché leur proie à Hoffer et aux policiers.

Mais il avait à peine parcouru quelques kilomètres qu'il poussa soudain un juron formidable :

— Sacré tonnerre de bonsoir ! C'est très joli, tout ça, mais où c'est que je suis, à présent ?

« Je suis venu en chemin de fer et j'ai été de la gare au patelin sur ma bécane qui, entre parenthèses, est restée dans le bois...

« Pourvu que ces messieurs de la Sûreté ne la trouvent pas.

« Mon nom et mon adresse sont sur la plaque.

« Je serais vite repéré, moi, et je n'y couperais pas de mon arrestation et d'une petite visite chez M. le juge d'instruction.

Le souvenir de Louise Damien fit sourire Prosper Mézan.

— Mais je m'en fiche, c'est pas de moi qu'il s'agit.

« C'est de mon pauvre patron qu'est tout à fait dingo, d'après ce que m'a dit cette jolie sauvageonne...

« Elle est gentille, la gosse ! Elle a des mirettes qui vous incendient le tempérament...

« Allons... Allons... voyons, Prosper... mon garçon, soyez sérieux...

« N'oubliez pas que vous êtes le fiancé de Mlle Justine que vous adorez et qui vous adore...

« Pas de mauvaises pensées...

« Et revenons à notre affaire qui n'est pas claire du tout.

« Faut que je sache si je suis sur la route de Paris et si je ne tourne pas le dos à Panama...

« Parce que, dans ce cas, c'est pas

la peine de dévorer la route et de boire l'obstacle.

« Mais auprès de qui me renseigner ?

« Dans ce sacré pays de malheur, il n'y a pas un chat.

« Les gens sont couchés comme les poules et il est tard, et je ne vois pas une maison à l'horizon...

« Ah ! me voilà propre !...

Tout en monologuant, Prosper n'avait pas modéré l'allure de l'auto.

Il arriva bientôt près d'un village qu'il se disposait à traverser en trombe, certain de ne pas écraser de promeneur à cette heure tardive, lorsqu'il entendit deux voix avinées chanter aussi faux que possible la *Madelon*...

— Oh ! Oh ! fit Prosper... c'est de la veine...

« V'là que je tombe justement sur les joyeux fêtards de l'endroit...

« Allons poser à ces messieurs la question de confiance...

Il ralentit, entra doucement dans le village.

Bien lui en prit.

Débouchant d'une rue, bras dessus, bras dessous, chantant à pleine voix, deux ivrognes vinrent se placer devant la voiture.

— On ne passe pas, dit l'un d'eux. Faut payer une tournée.

Prosper stoppa.

— Ça colle, dit-il gaiement. C'est pas une tournée que je vous paierai, mes poteaux, c'est deux, c'est trois tournées, mais à une condition, c'est que vous allez m'indiquer mon chemin.

« Je ne connais pas le patelin, je me suis égaré...

« Pour aller à Paris ?...

Les deux joyeux compères éclatèrent de rire.

— Bougre de farceur ! tu y es, sur le chemin de Paris.

— Fais pas le zigoto, dit l'autre, et paie la tournée.

— Bien sûr, c'est pas des blagues ? demanda Prosper. Ce chemin...

— C'est la route nationale, dit orgueilleusement un ivrogne... Notre route nationale...

— Vive la nation ! Vive la République ! cria l'autre.

— T'as qu'à suivre tout droit, essaya d'expliquer son compagnon, toujours tout droit et pas prendre les petits chemins, parce qu'alors... Viens donc boire chez la mère Ligue, on t'invite, toi et la demoiselle qui se cache dans ta bagnole. Voui ! mademoiselle, on vous invite, parce qu'on a beau être pleins comme des rigodons, on n'oublie pas les égards qu'on doit au « sesque ». On est Français, que je te dis ! Vive la France !

— Vive le sesque !

Prosper avait sorti de sa poche un billet de cinq francs.

Il le tendit à l'homme qui était près de lui.

— Merci, vieux, voici pour boire à ma santé.

L'homme, indigné, recula, s'accrochant à son compagnon qui, perdant l'équilibre, alla rouler près d'une maison.

— De l'argent à moi, Arsène !... Espèce de propr' à rien.

« Tiens, le v'là, ton argent, sale vendu !

Il déchira le petit billet et, trébuchant contre son compagnon qui riait niaisement, incapable de se relever, il s'étala à son tour.

Prosper en profita pour repartir aussitôt pendant que s'injuriaient les deux ivrognes.

Il eut tôt fait de mettre entre eux et lui une distance qui ne lui permit plus d'entendre leurs propos dépourvus d'aménité.

Certain d'être dans le bon chemin, il « en mit », pour employer sa pittoresque expression, et vers une heure du matin il entrait dans Paris.

Mais là encore il fut de nouveau perplexe.

Qu'allait-il faire de Jean Dubreuil qui, dans la voiture, somnolait paisiblement ?

Le conduire chez lui n'était pas possible, puisque l'Autre était là.

C'était faire jaser le personnel, en révélant l'existence de ce sosie que tout le monde devait ignorer.

Soudain, Prosper se rappela l'adresse d'une maison de santé, rue de la Faisanderie.

Par qui en avait-il entendu parler ? Il ne chercha pas à approfondir.

Cette maison existait, c'était l'essentiel.

Il se dirigea vers la maison et eut la joie de voir briller la lumière derrière quelques fenêtres.

— Ça va gazer, dit-il... Tout le monde ne roupille pas et on ne me fera pas « poireauter ».

En effet, à peine eut-il sonné qu'on vint lui ouvrir.

Justement, le docteur Fauvel, directeur de la maison de santé, était là, appelé au milieu de la nuit à donner ses soins à un malade.

Introduit auprès de lui, Prosper expliqua que son maître, victime d'une chute d'avion, avait été recueilli à la campagne par de braves gens chez lesquels il avait été le chercher.

— Et alors, monsieur le docteur, je vous l'amène au lieu de le conduire chez sa mère, d'abord parce que ça ficherait une secousse à la pauvre dame et ensuite parce que, d'après ce qu'a dit le docteur de là-bas, il paraîtrait que M. Jean est comme qui dirait un peu « dingo », à cause qu'il a dû s'émotionner en tombant de je ne sais combien de mille mètres... Vous comprenez bien ça, n'est-ce pas ?

Le docteur souriant répondit qu'il admettait très bien qu'une pareille chute pût troubler quelque peu l'esprit et, immédiatement, fit transporter Jean Dubreuil, toujours endormi, dans une chambre spacieuse très confortable.

Une infirmière fut placée près de lui.

Prosper, satisfait, se retira enchanté de la courtoisie du docteur et, sans plus attendre, se rendit chez Dupon-

Martin, dans sa villa hors Paris, où il arriva au petit jour.

La voiture empruntée par Hoffer fut discrètement remisée à cette heure matinale sans que le portier ait pu reconnaître Prosper enfoncé dans son pardessus dont le collet était relevé.

Après quoi, Prosper rentra à Paris, alla se reposer quelques heures dans le premier hôtel venu et, enfin, se rendit à l'hôtel Dubreuil.

Malheureusement, le brave chauffeur, épuisé de fatigue, dormit plus qu'il ne l'aurait voulu et se réveilla trop tard.

Il n'eut pas le temps de mettre au courant le sosie de Jean et n'arriva que lorsque l'irréparable venait de s'accomplir...

Pierre venait d'avouer à Mme Dubreuil qu'il n'était pas son fils.

Force fut à Prosper de dire la vérité, de montrer la lettre de Jean et de conduire Mme Dubreuil à la maison de santé.

Il aurait bien voulu revoir Jean avant que Mme Dubreuil ne le vît, mais ce n'était pas possible.

Furieux contre les événements qui venaient de se dérouler et qui dérangeaient tout ce qu'il avait préparé, Prosper fit contre mauvaise fortune bon cœur, et c'est le visage souriant qu'il ouvrit la portière à Mme Dubreuil en lui disant :

— Vous émotionnez pas trop, madame... Ça s'arrangera... Faut être content que M. Jean soit vivant...

« C'est une chance tout de même...

C'était aussi l'avis de Mme Dubreuil qui, ayant cru son fils mort, ne pouvait que se réjouir de le savoir blessé, mais vivant.

Elle gratifia Prosper d'un sourire reconnaissant et, un peu émue, pénétra dans la maison de santé.

On alla prévenir le docteur Fauvel.

Le docteur, qui était auprès de Jean Dubreuil, pria que l'on fît venir Mme Dubreuil.

Il se disposait à expliquer à Mme Dubreuil le cas de son fils, mais la pauvre mère, n'écoutant rien, le visage baigné de larmes, se jeta au cou de son enfant.

— Toi !... Toi !... Sauvé !... Vivant !... Ah ! mon cher Jean, que je suis heureuse !

Jean, surpris, la regarda.

Puis ses grands yeux se détournèrent, vaguement inquiets.

— Jean !... Jean !... Tu ne me réponds pas... Tu ne m'embrasses pas ?

Jean Dubreuil se mit à rire d'un rire hébété.

— Qui es-tu ?

Mme Dubreuil, effarée, se releva, regarda le docteur.

— Monsieur... monsieur... demanda-t-elle anxieusement, qu'est-ce que cela signifie ? Mon fils ne me reconnaît pas.

— Madame, dit vivement le docteur, ne vous alarmez pas. Votre fils, à la suite de sa terrible chute, a été frappé d'amnésie. Il a perdu momentanément la mémoire, la faculté de coordonner ses idées.

— Ah ! mon Dieu ! Mon fils est fou !

— Non, madame, dit fermement le docteur, il n'est pas fou... dans le sens que vous attachez à ce mot.

« Sa raison, qui semble momentanément absente, n'est qu'endormie.

« C'est une question de temps et de soins.

« Il guérira, madame, je vous l'affirme, il guérira ! »

Mais la malheureuse mère ne l'écoutait pas.

Serrant la tête de son fils contre son cœur, elle sanglotait éperdument.

— Lui !... Mon Jean !... Mon fils, fou...

« Ah ! c'est horrible, cela, Jean !... Mon chéri... mon enfant... reconnais-moi... Je suis ta maman ! ta maman !... Jean !...

Mais Jean, énervé par ces caresses, la repoussa doucement.

— Tu me serres fort, tu me fais mal... Laisse-moi.

— Oui, intervint le docteur, il ne faut pas le fatiguer. Cela lui redonnerait de la fièvre. Je vous en supplie, madame...

A regret, Mme Dubreuil cessa de couvrir de baisers le visage de son fils, et consentit à s'asseoir à quelque distance de son lit.

Comme s'il n'attendait que cela pour se reposer, le malade se tourna vers le mur et s'endormit presque aussitôt d'un sommeil paisible.

Le docteur, satisfait, murmura :

— Pas d'agitation, c'est bon signe.

— Docteur, croyez-vous sincèrement que vous le guérirez ?

— En mon âme et conscience, madame, je l'espère. Vous êtes sa mère, et je me ferais scrupule de vous donner un espoir mensonger. Je vous l'affirme : j'ai confiance...

— Et... ce sera long ?

Le docteur hésita :

— Qui peut le savoir ? Peut-être faudra-t-il plusieurs mois...

— Oh ! mon Dieu !

— Peut-être quelques semaines. Ces maladies sont bizarres, capricieuses, échappant à toute règle curative. On a des surprises fréquentes : une émotion violente, la vue de certains objets, de certaines personnes, peut déterminer une commotion qui amène la guérison immédiate. Mais nous devons éviter avec soin ces commotions qui pourraient aussi déterminer un accident plus grave. Il faut de la prudence... beaucoup de prudence...

« Aussi, madame, je me permettrai de vous demander d'abréger votre visite.

— Quoi ! déjà partir... Mais mon fils dort...

— Il peut se réveiller. Croyez-moi, madame, votre présence prolongée ne peut que lui faire du mal.

— Mais je pourrai revenir le voir demain ?

— Certes, tous les jours, et vous pourrez peu à peu prolonger vos visites sans inconvénient.

Mme Dubreuil se leva.

— J'ai confiance en vous, docteur, je crois mon fils en bonnes mains.

Elle se pencha vers Jean et, pour ne pas l'éveiller, effleura seulement de ses lèvres le front de son fils.

Mais dans ce baiser maternel elle mit toute son âme.

Reconduite par le docteur, elle dut d'abord aller visiter un immense jardin se trouvant derrière la maison de santé...

— Bientôt vous pourrez vous promener ici en compagnie de votre fils, que j'autoriserai à séjourner sous ces arbres, sous ces charmilles autant qu'il lui plaira, sous la surveillance d'une infirmière dévouée qui ne le quittera pas un instant.

Des malades passaient, causant avec des amis, mais tous sous la garde d'infirmières qui ne les perdaient pas de vue.

Un peu réconfortée, Mme Dubreuil contourna la maison de santé, traversa le coquet jardin qui ornait et embellissait le devant de la maison et alla rejoindre Prosper.

Le chauffeur, anxieux, se précipita et, ouvrant la portière :

— Comment va M. Jean, madame ?

— Hélas ! dit-elle, reprise par son chagrin, Jean n'a plus sa raison.

Et, pour cacher son émotion, elle monta rapidement dans l'auto.

Prosper, la tête basse, monta sur son siège, partit en grognant...

— Ça ne gaze pas, pour sûr, ça ne gaze pas... Quoi qu'elle va dire, mam'zelle Simone ? et ma Justine pour la vie, donc ?...

« J'ai bien peur d'user encore une casquette de chauffeur avant le conjungo.

Dans le trajet, Mme Dubreuil parvint à se maîtriser et se raisonna si bien qu'elle paraissait être dans son état normal lorsque la voiture stoppa dans la cour de l'hôtel...

Mais, au fond, son chagrin était immense.

Réjouie d'avoir revu son fils vivant, elle n'en gardait pas moins un doute affreux de la guérison promise par le docteur.

Cette pensée la bouleversait :

— S'il n'allait pas guérir... si jamais plus il ne me reconnaissait... moi sa mère, ni ses amis...

Ce mot ami murmuré par ses lèvres l'amena tout naturellement à penser au dernier ami de Jean, à Pierre...

Se débarrassant de son manteau et de son chapeau, elle monta à sa chambre, ouvrit le tiroir d'un secrétaire plein de lettres que le temps commençait à jaunir et qu'emprisonnait une faveur décolorée.

Elle arracha le fragile lien, chercha dans un paquet, trouva la lettre qu'elle désirait, la lut lentement, en proie à une vive émotion.

— Oui, dit-elle tout haut machinalement... Ce ne peut être que lui... Cette ressemblance... Ce prénom...

« Nous verrons bien si je me suis trompée.

Elle remit les lettres dans le tiroir qu'elle négligea de fermer, cacha dans son corsage la lettre qu'elle avait choisie et, d'un pas ferme, le visage impassible en apparence, elle se rendit dans le cabinet de travail de son fils.

Pierre était là, assis, les bras croisés, les yeux fixés à terre, paraissant absorbé dans une sombre méditation.

Film Pathé.

Pendant la lutte, un coup de revolver était parti et l'administrateur, atteint d'une balle en pleine poitrine, avait roulé sur le sol, mortellement frappé.

Au bruit il se leva, troublé, et, d'une voix tremblante, demanda :

— Eh bien ! Jean ?

— Hélas ! en aussi bonne santé que possible après une telle chute... je dis bonne santé physique, car pour le moral...

— Je ne comprends pas...

— Jean est fou...

— Lui... Oh ! c'est horrible, cela...

— Il guérira peut-être, dit Mme Dubreuil, touchée de voir le chagrin très sincère qui se peignait sur le visage de Pierre.

« Le docteur m'a donné de l'espoir... Mais il dit que ce sera long, très long...

Pierre ne répondit rien... Qu'aurait-il pu dire ? De banales paroles de consolation...

On ne console pas un cœur maternel avec des banalités.

Mme Dubreuil avait pris un siège et en désignait un autre à Pierre qui s'était respectueusement levé dès son arrivée.

— Non, dit Pierre, farouche, je dois rester devant vous debout comme un coupable.

— Un coupable ?

— Oui, madame, j'ai commis un crime... Oh ! involontairement.

« Et c'est pour ce crime que depuis plusieurs mois la police me recherche...

« Du moins, je le suppose. A moins que ce ne soit pour avoir essayé de voler un pain il y a six semaines, alors que je mourais de faim.

— Vous mouriez de faim, vous ! s'écria Mme Dubreuil... Oh ! mon Dieu !...

— Qu'avez-vous donc, madame ?

— Rien... rien que de très naturel !... la pensée qu'il y a des gens qui ont faim et qui en sont réduits à voler, alors que tant d'autres !...

Elle ne termina pas sa phrase.

Un lourd silence plana que Mme Dubreuil rompit :

— Pierre, dit-elle d'une voix caressante, mon fils paraissait avoir de l'affection pour vous. Le rôle qu'il vous a fait jouer prouve en quelle estime il vous tenait...

« Vous lui avez donc raconté votre vie passée, ce crime involontaire ?...

— Oui, madame, et il a eu la bonté de me dire que n'ayant pas eu l'intention de donner la mort, je n'étais pas un criminel, mais je sais, moi, que je suis coupable... coupable d'avoir eu une conduite si déplorable qu'elle a causé un malheur que j'aurais voulu racheter de mon sang...

— Mon fils sait donc tout ce qui vous concerne ?

Mme Dubreuil appuya sur le mot « tout ».

Pierre eut un tressaillement douloureux.

Mme Dubreuil insista :

— Lui avez-vous « tout » dit... tout ?

Pierre, d'une voix à peine perceptible, dit :

— Non, madame, pas tout...

— Pourquoi ?

— Parce que... parce que je ne me suis pas cru le droit de révéler... balbutia le malheureux.

— Ce que j'ai deviné... ce que je sais...

« Allons, Pierre, parlez... parlez... A moi, vous pouvez tout dire, je vous le demande, au nom de votre père.

Pierre, éperdu, tomba à genoux :

— Madame... serait-il vrai ?... vous savez ?...

— Toute la vérité, oui... A présent, dites-moi quelle fut votre vie et comment vous en êtes arrivé à une telle misère...

Et Pierre, dans une attitude humble, repentante, commença le douloureux récit de sa vie...

CHAPITRE II

LE RÉCIT DE PIERRE

— Madame, vous m'avez dit que vous saviez toute la vérité.

« Je ne mets pas en doute votre parole, mais vous devez comprendre mon hésitation à vous parler de certaines personnes.

« Je crains de prononcer un nom...

— Voilà qui vous prouvera que vous pouvez avoir en moi toute confiance...

Ce disant, Mme Dubreuil sortait de son corsage la lettre qu'elle avait prise dans son secrétaire et la tendait à Pierre :

— Lisez !... Lisez... C'est la lettre écrite à son lit de mort par mon cher mari, lettre que je devais vous faire parvenir aux colonies.

« Mais lorsque je m'informai de vous, on me dit que vous étiez parti à la suite d'une altercation avec votre chef et sans laisser d'adresse...

Pierre prit la lettre et lut à mi-voix :

« Mon cher enfant,

« Quand cette lettre te parviendra,
« j'aurai cessé de vivre, mais j'aurai
« dit à ma chère femme le secret de
« ta naissance. Elle est trop bonne et
« a le cœur trop haut placé pour ne
« pas me remplacer auprès de toi,
« mon cher Pierre. Aime-la bien.
« Aime mon fils Jean — ton frère.
« Adieu, mon enfant. Je te pardonne
« tes fautes.

« Ton père,

« HENRI DUBREUIL. »

Pierre, les yeux pleins de larmes, baisa respectueusement la lettre de son père et, d'un geste machinal, voulut la rendre à Mme Dubreuil qui lui dit :

— Gardez-la, elle vous appartient...

Pierre la plia, la mit dans son portefeuille, trop ému pour continuer son récit.

Mme Dubreuil, pour l'encourager à parler, déclara :

— Par mon cher mari, Pierre, j'avais appris votre existence. J'ai su qu'avant de me connaître, de m'épouser, il avait connu et aimé une jeune et honnête ouvrière, Mlle Jeanne Quinchard, qu'il aurait certainement épousée malgré l'opposition de sa famille, si votre mère n'était morte en vous donnant le jour.

« C'est quelques mois après que, plein de chagrin, sans volonté désormais contre le désir des siens, M. Dubreuil acceptait de faire de moi sa femme...

« Il n'avait alors que de la sympathie pour moi, gardant précieusement dans le fond de son cœur le souvenir de votre maman...

« Mais la naissance de Jean fit éclore son amour et, depuis, mon mari m'aima sincèrement et tendrement et fit de moi la plus heureuse des femmes.

« Cependant il m'avait caché le secret de votre naissance et ne se décida à m'en parler que lorsqu'il sentit venir la mort.

« Je lui pardonnai sans hésiter son silence et lui promis de vous rechercher, de veiller désormais sur vous, de m'occuper de votre avenir et de vous remettre fidèlement la fortune que — ne voulant pas vous la léguer par testament — il vous destinait par mes mains...

« Sa volonté m'est sacrée, Pierre, désormais j'ai deux fils. »

Pierre Quinchard se pencha sur la main que lui tendait Mme Dubreuil et l'effleura de ses lèvres tremblantes.

— Vous êtes, madame, la meilleure des femmes, et je ne sais comment vous remercier de vos affectueuses paroles.

« Quant à ce titre de fils que votre cœur si généreux vous pousse à me donner, qu'il me soit permis, avant de l'accepter, de vous faire l'aveu de mes fautes.

« Vous jugerez ensuite si j'en suis digne et si vous pouvez me considérer encore comme un fils... »

Pierre, alors, d'une voix raffermie, dit sa triste existence.

Il évoqua d'abord les jours paisibles de son enfance.

Dans une vieille maison aux environs de Paris, sous l'œil bienveillant d'une gouvernante dévouée, il grandit turbulent, capricieux, indocile, s'attirant les reproches nombreux de son père qui, presque tous les jours, venait le voir.

A huit ans, il fut mis en pension et, s'il fit montre d'une intelligence précoce, surprit ses professeurs par sa facilité à tout apprendre et comprendre, en revanche il témoigna d'une indépendance de caractère et d'une insubordination qui lui valurent l'antipathie de ses maîtres et l'animosité de ses camarades, blessés par son orgueil et la violence de son caractère.

M. Dubreuil essaya vainement par des cadeaux, de douces paroles, puis par la sévérité d'améliorer cette nature intraitable.

Ce fut bien pis lorsque Pierre eut terminé ses études.

Il se jeta à corps perdu dans les fêtes, les orgies, et ne se calma même pas quand vint l'époque de son service militaire.

Soldat déplorable, il était toujours puni.

Pendant la guerre, il fit d'abord des prouesses au front, puis il se lassa vite d'être un héros. Une fois libéré, il revint à Paris et reprit sa folle vie de dissipation et d'aventures, refusant de se créer une situation, comme le voulait son père.

M. Dubreuil, indigné, lui coupa les vivres.

Mais Pierre, qui était alors épris d'une chanteuse de café-concert, pour subvenir aux besoins de cette femme, imita la signature de son père.

La mesure était comble.

M. Dubreuil ayant en mains la traite accusatrice paya sans mot dire, mais se rendant chez son fils qu'il trouva ivre, sortant d'une crapuleuse orgie, il lui montra la lettre et d'une voix inflexible lui posa ses conditions :

— Tu vas partir immédiatement pour les colonies. Tu seras le secrétaire d'un administrateur de mes amis.

« Là, par ton travail et ta bonne conduite, tu t'efforceras de racheter ton passé.

« Si tu t'amendes, je te pardonnerai.

« Sinon, je t'abandonnerai à ton malheureux sort.

Et comme Pierre se révoltait, son père indigné déclara :

— Tu vas obéir, sinon je te fais immédiatement arrêter pour le faux que tu as commis, misérable...

« Choisis : les colonies ou le bagne. »

Pierre, épouvanté, se soumit.

Trois jours après, il partait pour l'Afrique.

Son père avait tenu à l'accompagner jusqu'au bateau, pour être bien certain que Pierre ne reviendrait pas sur sa promesse.

Au moment de quitter son fils qu'il chérissait malgré tout, il s'attendrit.

— Pierre, dit-il, tu sais que j'ai dû me marier peu après la mort de ta chère maman. De ce mariage est né un fils qui te ressemble d'une façon frappante. Entre vous deux mon cœur ne fait aucune différence. Mon rêve est de vous voir un jour réunis et vous aimant comme deux frères. Si je me montre sévère en ce moment, mon enfant, c'est pour ton bien. Je veux te voir aussi parfait que l'est ton frère qui ne m'a donné que des satisfactions, tandis que toi !... Mais ne parlons plus de cela. Sois courageux, travaille, et bientôt je te rappellerai, car je suis plus triste que tu ne le crois de cette séparation que je m'impose. »

Ces paroles, les dernières qu'il entendit de son père, firent sur Pierre une vive impression.

De bonne foi, il résolut de s'amender, de se corriger et eut vraiment des remords de sa conduite passée.

Et, en effet, pendant quelques mois, il fut, aux colonies, un aide précieux pour son chef qui l'avait pris en grande amitié, ne tarissait pas d'éloges sur son compte et s'étonnait que M. Dubreuil ait pu aussi mal juger un garçon aussi travailleur, aussi paisible et aussi dévoué.

Par malheur, l'administrateur avait une jeune et jolie femme qui, sans le vouloir, inspira à Pierre un ardent amour.

Renseignée par son mari, désireuse de contribuer au relèvement moral de Pierre, elle commit l'imprudence de lui témoigner trop d'amitié, de rechercher sa société, de l'admettre dans son intimité.

Pierre se méprit sur ce sentiment, crut avoir conquis le cœur de la jeune femme et, oubliant qu'il était l'hôte de son mari, osa risquer un jour une brûlante déclaration par lettre.

Froissée, la femme de l'administrateur renvoya simplement la lettre avec ces simples mots : « Vous êtes fou !
« Si vous me reparlez encore de votre
« amour, je préviendrai mon mari. »

Cette lettre mit le feu aux poudres.

Les mauvais instincts endormis de Pierre se réveillèrent avec une extrême violence et il jura de faire payer à la jeune femme son dédain.

Il dissimula quelque temps son ressentiment, attendant une occasion favorable.

Un soir, croyant l'administrateur absent, il se risqua dans le jardin qui entourait la villa, vit derrière la fenêtre de sa chambre l'ombre de la femme qu'il convoitait.

Emporté par la passion, oubliant toute prudence, il grimpa jusqu'à la fenêtre et se ruant dans la chambre s'empara de la jeune femme affolée, malgré ses cris et sa résistance désespérée, lorsque l'administrateur fit irruption, un revolver au poing.

Pierre se jeta sur l'administrateur, essayant de le désarmer.

Dans la lutte, le revolver partit et l'administrateur, atteint en pleine poitrine, tomba.

Pierre, affolé, s'élança hors de la maison poursuivi par les cris de la femme :

— Au secours !... A l'assassin !...

Eperdu, il prit la fuite à travers champs, se cacha...

Il vit passer devant lui des indigènes porteurs de torches et, tremblant de peur, n'osant respirer, étourdi par ce qui venait de se passer, il resta là de longues heures.

Alors, épuisé, il se reposa.

Il était momentanément hors de danger.

Il songea alors que l'administrateur étant mort, sa femme qui, par vengeance, l'avait désigné comme le meurtrier, allait porter plainte et mettre à sa poursuite la police.

Il aurait beau affirmer avoir causé involontairement cette mort, on ne le croirait pas.

— Et pourtant, madame, sur la tombe de mon père, je le jure... je n'ai jamais voulu tuer cet homme, jamais je n'en ai eu l'intention.

— Je vous crois, Pierre...

— Merci...

— Ensuite, que devîntes-vous ?

— Le récit de mes aventures n'offre aucun intérêt.

« Pendant des mois et des mois, après avoir quitté la contrée soumise à l'administration de mon ancien chef, je fis tous les métiers... Il fallait vivre...

« Je fus tour à tour terrassier,

portefaix, garçon de ferme, valet d'écurie, que sais-je?

« Enfin le hasard me permit de trouver une place d'aide-cuisinier à bord d'un paquebot et je pus rentrer en France.

« Je croyais en avoir fini avec ma vie de misères.

« Hélas ! je me trompais...

« Sans papiers, chassé de partout, redoutant toujours la police, j'errai sur les grands chemins, quêtant en vain du travail, mendiant, me nourrissant des fruits que je volais quand on ne me faisait pas l'aumône, couchant à la belle étoile, souffrant du froid et de la faim, sur le point de succomber et n'étant soutenu que par cette idée, revoir mon père, lui avouer ma faute et implorer son pardon...

« C'est avec ce dernier espoir que j'arrivai enfin à Paris.

« Mais j'étais si las, si épuisé, que je ne pus résister à une mauvaise tentation.

« Il y avait plus de vingt-quatre heures que je n'avais pas mangé...

« Devant moi, à la devanture d'un boulanger, dont les vitres étaient ouvertes, s'étalaient des petits pains dorés, appétissants.

« Je ne pus me maîtriser...

« J'allongeai la main et je volai un petit pain que je cachai soigneusement sous mes guenilles.

« J'allais me retirer, emportant mon larcin que n'avait pas remarqué le patron.

« Par malheur, deux agents de la Sûreté qui passaient m'avaient vu...

« Ils se précipitèrent vers moi en criant :

« Au voleur ! »

« Profitant de la stupeur générale, je m'enfuis à toutes jambes.

« La peur m'avait redonné des forces...

« Mais j'aurais été bientôt pris si, dans ma course folle, je n'étais venu me heurter contre le mur de votre jardin qui, brusquement, me barra le passage.

« D'un bond désespéré, je m'élançai, grimpai et vins retomber au milieu des arbustes...

« Il était temps...

« J'entendais derrière le mur les policiers haletants se concerter entre eux.

« Alors, sans bruit, je me glissai vers votre maison et, trouvant une porte ouverte, j'entrai, retenant mon souffle.

« C'est miracle que personne ne m'ait aperçu...

« Je montai et, ne sachant ce que je faisais, j'allai me cacher dans un petit cabinet noir où j'eus la bonne fortune de ne pas être inquiété jusqu'au soir.

« Les policiers n'eurent pas l'idée de fouiller ce coin...

« La nuit venue, je voulus fuir, mais je m'égarai et j'allai, autant qu'il me souvient, dans le bureau de votre fils, qui se trouvait là.

« Surpris tous deux par notre ressemblance, nous restâmes un moment à nous considérer, puis je compris...

« Les dernières paroles de mon père me revinrent à l'esprit.

« J'étais en présence de mon frère.

« Je n'eus pas le courage de dire qui j'étais... J'avais honte d'être si misérable, d'être descendu si bas.

« Je cachai soigneusement mon origine.

« Jean n'insista pas et, me prenant en pitié, au lieu de me livrer à la justice, il m'offrit de m'aider à me refaire une nouvelle vie... Ah ! c'est une âme généreuse et noble que celle de mon frère !

— Oui, dit vivement Mme Dubreuil, vivement touchée de cet hommage rendu à son fils ; Jean est une nature admirable et nul mieux que moi ne connaît la délicatesse de son cœur...

— Que vous dire de plus ?

« Jean loua pour moi une petite maison isolée, m'y installa, me procura linge et vêtements, vint passer avec moi de longues heures...

« Je lui racontai ma vie, sans dire qui était mon père, et Jean, me considérant comme une victime de la fatalité, se prit pour moi d'affection et m'honora de son amitié. Sa confiance en moi devint telle qu'il n'hésita pas, lorsqu'il conçut le dessein de conquérir Mlle Simone par sa victoire dans les airs, à me donner mission de le remplacer auprès de vous, afin que, pendant le match, vous n'eussiez pas les appréhensions d'un accident possible.

« Hélas ! l'accident a eu lieu et, comme vous, je pleure sur le malheur accompli...

« Mais j'ai confiance, Jean reviendra à la raison.

« Et vous serez encore heureuse, madame, heureuse comme mérite de l'être la mère d'un tel fils, la noble compagne de celui qui fut mon père...

« A présent, vous savez tout de moi.

« J'ai dit loyalement mes erreurs, mes fautes... Je ne cherche pas à les excuser...

« Je sais combien je fus coupable et il est juste que j'expie.

Mme Dubreuil tendit ses mains au malheureux, l'attira à elle...

— Mon enfant, dit-elle simplement... Mon second fils...

Pierre s'agenouilla. La joie débordait de son cœur.

— Ah ! s'écria-t-il, comme mon père serait heureux !

— En son nom, Pierre, je vous pardonne vos fautes... Vous êtes aussi mon fils. Qu'il ne soit plus question du passé...

CHAPITRE III

PROSPER A UNE IDÉE

Prosper, croyant trouver Pierre seul dans son bureau, entra en coup de vent.

A la vue de Mme Dubreuil embrassant tendrement celui qu'elle aurait pu haïr pour lui avoir volé les caresses destinées à son fils, le brave Prosper sursauta :

— Ah ! par exemple, dit-il suffoqué... ça... ça...

— Qu'y a-t-il ? dit Pierre en se relevant.

— Il y a, il y a, dit Prosper se ressaisissant, que j'étais venu pour causer à M. Pierre seul, mais puisque vous êtes là, madame, autant que je vous mette au courant aussi.

« Tout à l'heure, pendant que vous étiez dans la maison de santé, j'ai vu arriver les deux agents qui, hier, voulaient enlever M. Jean.

« Je me suis caché derrière l'auto et j'ai écouté ce qu'ils disaient...

« Ils parlaient d'un mandat d'amener... de l'arrestation de M. Jean...

— Arrêter mon fils, s'indigna Mme Dubreuil.

— Parce qu'ils croient que votre fils, c'est moi, expliqua Pierre... moi, le voleur en qui ils ont reconnu peut-être le meurtrier de l'administrateur...

« Vous pensez bien que mon signalement est donné depuis longtemps et qu'on me recherche toujours...

— Vous avez tué un administrateur ! sursauta Prosper.

— Non... mon ami, mais je suis accusé de ce crime...

— Laissons cela, interrompit vivement Mme Dubreuil... Vous disiez que ces deux policiers...

— Sont entrés chez le docteur... qu'ils ont dû attendre... puisque le docteur était avec vous... Ils ne l'auront vu qu'après notre départ en auto.

« J'aurais bien voulu rester... vous parler de ça...

« Mais vous aviez l'air tellement affligée d'avoir vu M. Jean un peu dingo que j'ai osé rien dire.

« Alors, j'avais eu l'idée, puisque vous vouliez causer à M. Pierre, d'attendre que vous ayez fini pour venir lui parler et le mettre au courant de mon idée...

« Car j'ai une idée... et une idée épatante...

« Parce que faut vous dire que je me méfie doublement des policiers !...

« D'abord parce qu'ils veulent arrêter M. Jean, qu'ils prennent pour M. Pierre, et ensuite parce qu'ils étaient là-bas en compagnie de ce brigand d'Hoffer, que je soupçonne de... Suffit... on liquidera plus tard l'histoire de la balle... Faut d'abord être sûr avant de parler...

« Oui, Hoffer marche avec les flics...

« Et c'est lui le plus dangereux, voyez-vous, parce qu'on ne m'ôtera pas de l'idée que ce gredin a deviné la vérité et qu'il sait que M. Jean est M. Jean et qu'il fera tout pour que ce soit lui qui soit pincé et pas M. Pierre...

« Il bourrera le crâne aux policiers, qui sont ses copains, jusqu'à ce que votre fils soit coffré...

— Mais c'est monstrueux, Prosper... Mon fils n'a fait aucun mal à cet Hoffer.

— Vous oubliez, madame, que Mlle Simone aime M. Jean et que ce bandit d'Hoffer a la prétention d'épouser justement Mlle Simone. Il faut donc, madame, parer, et tout de suite, le coup qu'on veut vous assener...

Ils se regardèrent longtemps avec attendrissement.

Jean, dès son jeune âge, était la joie de son père.

Film Pathé.

Film Pathé.

Ses études terminées, Pierre s'était jeté à corps perdu dans les fêtes et les orgies.

Film Pathé.

Mme Dubreuil regardait avec une douloureuse émotion le visage du pauvre fou.

Film Pathé

Hoffer rendit compte de sa manœuvre à son chef, qui l'écouta avec la plus grande attention.

— C'est-à-dire ?

— C'est-à-dire qu'il ne faut pas que M. Jean tombe entre les pattes de ces lascars-là...

— Mais s'ils vont à la maison de santé... ils s'empareront de lui...

— S'ils s'emparent de lui, goguenarda Prosper... Ah ! voilà. Eh bien ! justement, moi je me suis mis dans l'idée qu'ils s'empareraient de lui...

— Au lieu de le défendre, vous voulez livrer votre maître ?... Ah çà ! Prosper, vous êtes fou !

— Prosper a raison, dit Pierre, qui avait écouté attentivement le chauffeur... et qui venait de comprendre son projet.

« Il faut que ces gens arrêtent Jean Dubreuil, l'aviateur masqué, le blessé.

« Seulement le blessé, l'aviateur Jean Dubreuil, ce sera moi...

— Vous ?

— Oui, madame...

— Mais, s'ils vont à la maison de santé, c'est mon fils qu'ils trouveront...

— Non, madame, ce sera moi.

— Vous ! c'est impossible ! mais mon fils...

— Sera ici auprès de vous, et vous aurez la joie de veiller sur lui et de le soigner jusqu'à ce que sa raison revienne...

— Mais vous, vous irez en prison ?

— N'est-ce point ma destinée ? dit Pierre tristement. Un peu plus tôt, un peu plus tard, qu'importe ?... On n'échappe pas à son destin... Le mien, c'est de finir par la prison... C'est la juste punition de mes folies... de mes erreurs...

— Non... non... je ne permettrai pas cela...

— Madame, dit Pierre avec fermeté, cela sera, je l'ai résolu...

« J'acquitte ainsi une dette de reconnaissance envers celui qui, si généreusement, sans me connaître, a bien voulu me sauver de l'infamie...

Puis avec un sourire :

— Puis-je faire moins pour mon frère ?

— Votre frère, s'écria Prosper abasourdi, vous seriez le frère de M. Jean, vous, monsieur Pierre ?

— Oui, dit Mme Dubreuil, Pierre est un fils de mon mari et, maintenant, c'est aussi mon fils.

« Prosper, je n'ai pas besoin de vous recommander le secret pour l'instant...

— On me couperait la langue, madame, plutôt que de... Alors, vous êtes un frangin à M. Jean ? C'est pas ordinaire, ça...

— Maintenant que vous connaissez ce secret, Prosper, je pense que vous approuverez ma décision, et que vous m'aiderez à rendre service à mon frère, dit Pierre.

— Je crois bien... bien sûr... c'est mon avis que vous le remplaciez, mais je ne savais pas... Ah ! vous êtes le... C'est donc ça que vous lui ressemblez tant... Parbleu ! deux frangins qui se ressemblent, ça n'a plus rien d'extraordinaire...

« Enfin, suffit, va falloir en mettre

un coup, et pas vous laisser mener en prison... Comment qu'on va faire?

« Oh! je trouverai bien une idée... mais me faut le temps...

« Ah! si seulement M. Jean avait sa raison, c'est lui qu'en avait des idées et des bonnes...

« Moi aussi... Mais je suis un peu ahuri, voyez-vous, aujourd'hui, faut m'excuser.

« Et maintenant, madame, sans vous commander, si vous vouliez nous laisser causer seuls, quelques minutes, M. Pierre et moi, cela sera plus commode pour arrêter notre petit plan qu'on vous soumettra, comme de juste, quand tout sera décidé, et que vous approuverez certainement...

Mme Dubreuil tendit la main à Pierre.

— Merci, dit-elle avec émotion, et elle se retira.

— Bon, fit Prosper, j'aime mieux ça... Les femmes, c'est très gentil, seulement, quand elles sont là, y a pas moyen de s'expliquer sérieusement... Ça fait du sentiment... Ça pleure... Et on perd la boussole...

« Entre hommes, au contraire, on fait toujours du bon « boulot ».

« Voici, monsieur Pierre, ce que je crois qu'il faudrait faire...

CHAPITRE IV

HOFFER PREND UNE DÉCISION

Nous sommes rue Caulaincourt.

Le « Chef » a écouté attentivement le rapport d'Hoffer et gardé le silence.

Il réfléchit longuement, puis, d'une voix lente, pesant ses mots :

— Si j'ai bien compris, vous êtes plus que certain, après ce que vous a dit Dupon-Martin, que l'aviateur masqué est Jean Dubreuil... Ne m'interrompez pas...

« Il y a deux Dubreuil et il est impossible de savoir quel est le vrai.

« Or, j'estime que le plus dangereux pour nous — et surtout pour vous, mon cher Hoffer — c'est celui que vous avez voulu envoyer dans l'autre monde, car il peut recouvrer la raison et parler.

« Il dira que vous avez voulu l'assassiner et il le prouvera.

« Vrai ou faux, c'est ce Dubreuil-là qu'il faut... comment dirai-je?... pas supprimer... Non... Le coup est raté... On ne recommence pas deux fois ces choses-là.

« Voyez-vous, Hoffer, il faudrait, et ceci nous regarde, que ce Dubreuil soit entre nos mains, soit notre prisonnier.

« Et, premièrement, ou il retrouvera sa raison et, dans ce cas, je me charge de le faire parler et de savoir la vérité...

« Ou bien il restera idiot et, s'il n'y a vraiment rien à en tirer, nous irons le perdre en quelque pays lointain.

« Vous voyez, c'est très simple.

— En effet, chef. Votre plan est excellent, d'autant plus que, si nous avons ce Dubreuil-là en notre pouvoir, l'autre se démènera pour le retrouver, et sera bien obligé de se démasquer. On pourrait même, le cas échéant, lui proposer un marché.

— Jamais de la vie !... L'autre doit toujours ignorer ce qu'est devenu son sosie... Vous raisonnez comme un enfant.

« Ce qui fait notre force, Hoffer, ne l'oubliez jamais, c'est que nous restons dans l'ombre. On ne doit pas nous connaître.

Narquois, il ajouta :

— Est-ce que vous me connaissez, vous ?

« Je suis pour vous le « Chef ». Et cependant, vous me voyez souvent et vous connaissez mon nom...

Hoffer, stupéfait, resta bouche bée.

Le chef éclata de rire.

— Ne vous fatiguez pas à chercher à découvrir le mystère dont je m'entoure. Sachez que je suis content de vous, et que vous êtes bien noté.

« Que cela vous suffise...

« Et maintenant, retirez-vous, réfléchissez à ce que je vous ai conseillé et, s'il vous faut des hommes pour vous aider à vous emparer de Dubreuil, un coup de téléphone...

« Ils vous diront où votre prisonnier doit être conduit...

« Ah ! si vous aviez besoin d'une auto, n'empruntez pas la voiture de Dupon-Martin, cela vous créerait des ennuis...

— Je peux louer une voiture ?

— Non, tenez... voyez Génévrier...

— M. Génévrier, le concurrent de mon patron, son ennemi ?

— Oui, dites-lui simplement : j'ai besoin de votre auto, c'est de la part du chef... Génévrier mettra immédiatement à votre disposition son auto et même l'argent dont vous aurez besoin... Et cela sans vous poser aucune question...

— Ah ! dit Hoffer, M. Génévrier est donc sous vos ordres aussi ?

— M. Génévrier, répliqua le chef avec un sourire ironique, n'a rien à me refuser, il obéit aveuglément lorsque j'ordonne... allez...

Avec un geste autoritaire, le chef congédia Hoffer qui, machinalement, joignit les talons, porta la main à la visière d'un képi imaginaire, et, raide, tendant le jarret, disparut avec l'allure d'un homme qui a pratiqué le « pas de l'oie ».

Dehors, Hoffer hocha la tête d'un air dubitatif et murmura :

— Le chef a raison, évidemment ; enlever Dubreuil, c'est tout indiqué...

« Mais où le trouver ?... A-t-il été transporté à l'hôtel de l'autre Dubreuil ?

« C'est que, dans ce cas, l'enlèvement n'est pas facile.

« Non, l'aviateur masqué ne doit pas être chez Dubreuil et pour cette raison bien simple que la ressemblance des deux hommes ferait jaser les domestiques. On en parlerait dans le quartier... Or, on n'a pas intérêt à ébruiter cette ressemblance...

« Donc, le Dubreuil blessé n'est pas à l'hôtel Dubreuil...

« Il a dû être transporté chez un ami ou, mieux, dans une maison de santé...

« Mais laquelle ?...

« Et sous quel nom a-t-il été inscrit ?

« *Der Teuffel !* ça n'est pas commode à trouver, cela...

« Je vais rentrer à l'usine Dupon-Martin, l'agent Leloup m'a promis de passer tantôt me mettre au courant de ses recherches...

« Il a des facilités que je n'ai pas...

« Peut-être aussi aura-t-il trouvé quelque chose...

Hoffer ne croyait pas si bien dire.

Quelques heures après, il avait l'agréable surprise de voir arriver à l'aérodrome, en taxi-auto, l'agent Leloup et son inséparable compagnon.

— Eh bien ! demanda-t-il vivement, avez-vous trouvé ?...

— Oh ! dit Leloup d'un ton important, facilement...

« Nous avons passé la matinée à téléphoner dans tous les hôpitaux et les maisons de santé, de la part du chef de la Sûreté...

« Vous pensez bien qu'on nous répondait tout de suite.

« Et, comme cet imbécile avait été inscrit sous le nom de Jean Dubreuil, qui, comme vous nous l'avez dit, était le sien, nous avons fini par le dénicher à la maison de santé du docteur Fauvel, rue de la Faisanderie...

« Immédiatement, nous nous sommes rendus à cette maison, mon collègue et moi... et nous avons demandé le docteur...

— Et alors ?

— Alors, dit Leloup tortillant sa moustache, le docteur nous a fait un sale œil, quand nous lui avons réclamé ce gredin. Il nous a déclaré péremptoirement que son client n'était pas un malfaiteur et que, dans tous les cas, il ne le mettrait entre nos mains que contre un mandat d'arrêt en bonne et due forme...

— Et vous êtes allé chercher le mandat ?

— Pas encore... monsieur Hoffer... Nous voulions vous causer, histoire de ne pas faire de gaffe... Une supposition que cet aviateur qui se fait appeler Jean Dubreuil comme le monsieur chez qui nous avons fait perquisitionner soit justement le monsieur, et non pas le malfaiteur que nous recherchons...

« Vous vous rappelez que je vous avais dit que ce M. Jean Dubreuil avait une tête qui m'avait frappé, vu qu'elle ressemblait à celle de l'autre, et que nous avions été saisis de stupeur, mon collègue et moi...

— Saisis, c'est le mot, dit Daurisse, et le mot est faible...

— Alors, monsieur Hoffer, si nous l'arrêtions et que ça ne soit pas lui...

— Qui... Jean Dubreuil ?...

— Non, le malfaiteur... C'est ce qui serait terrible...

Hoffer se frappa le front comme s'il venait d'avoir une idée...

— Ecoutez, monsieur Leloup, je connais Jean Dubreuil... Il se peut que ce soit lui l'aviateur masqué, je crois que c'est lui, en effet, mais je puis me tromper... Si c'est lui, il a un sosie, qui serait le malfaiteur que vous cherchez et qui aurait pris sa place à l'hôtel Dubreuil...

— Tonnerre ! gronda Leloup, ça serait un rude culot. A part ça, les malfaiteurs, c'est capable de tout...

— Voilà ce que je ferais à votre place, conseilla Hoffer. Je me ferais délivrer un mandat d'amener au nom de Jean Dubreuil, et j'irais carrément...

— Arrêter le blessé ?...

— Non, celui qui est à l'hôtel Dubreuil, quitte à le relâcher, après enquête, contre le blessé qui ne peut vous échapper, étant à la maison de santé...

— C'est fort juste, approuva Leloup, et, puisque tous les deux s'appellent Jean Dubreuil... j'ai bien le droit d'arrêter celui que, moi, je suppose le coupable... Je vous remercie... Je n'avais pas pensé à cela... Camarade, allons chercher le mandat.

Les deux policiers serrèrent avec effusion les mains d'Hoffer et remontèrent dans leur taxi.

Hoffer, en les voyant partir, se frotta joyeusement les mains.

— Ça colle, je sais où trouver celui que j'ai manqué la première fois... La deuxième sera la bonne...

« Quels imbéciles que ces policiers !...

« Allons téléphoner au chef...

La joie d'Hoffer eût été moins grande s'il avait entendu dans la voiture Leloup s'écrier :

— Que je suis bête ! J'ai oublié de dire à M. Hoffer que nous avions rencontré devant la maison de santé, déguisé en chauffeur et se cachant derrière une auto, ce particulier qui, hier, a déjeuné à côté de nous et qui m'avait fait une sale impression... c'est un lascar que j'ai déjà vu et que je ferai bien d'avoir à l'œil.

« Mais où donc ai-je vu ce coco-là ?

— Eh ! parbleu, dit Daurisse, c'est lui...

— Qui ça ?

— Le bonhomme de l'auberge, celui que vous cherchez à identifier... c'est le chauffeur de Mme Dubreuil... C'est celui qui avait l'air de se payer notre tête quand on perquisitionnait dans l'hôtel...

— Ah ! fit Leloup rassuré, ce n'est que le chauffeur de cette dame, je préfère cela. J'avais cru un moment qu'il était le complice du malfaiteur que nous cherchons...

« Pas la peine de nous occuper de lui...

Leloup avait tort.

S'il ne s'occupait pas de Prosper... Prosper s'occupait de lui...

Hoffer aurait certainement attaché plus d'importance à cette rencontre et se serait méfié de la présence inopinée du chauffeur de Jean Dubreuil devant la maison de santé.

CHAPITRE V

LE DÉVOUEMENT DE PIERRE

L'auto de Mme Dubreuil roulait vers la rue de la Faisanderie.

Prosper, sur son siège, s'en donnait à cœur joie de pousser des appels stridents et d'invectiver les piétons trop lents, comme si les rues étaient sa propriété exclusive...

Dans la voiture, près de Mme Dubreuil, très ému, se tenait Pierre, enveloppé dans un ample pardessus, dont le col relevé très haut masquait le bas du visage...

— La substitution sera facile, expliquait-il...

« Grâce à ce collet, nul ne s'apercevra de ma ressemblance avec votre fils...

« Dans ce jardin où se trouvent des tonnelles dans lesquelles peuvent s'isoler les malades et leurs parents, j'aurai tôt fait d'ôter à Jean son veston et de lui donner le mien, puis de lui passer mon chapeau et mon pardessus... J'ai eu soin de mettre un pantalon pareil à celui qu'il portait lorsqu'il est monté en avion... Le changement de vêtements ne prendra que peu de temps... Alors, sous un prétexte quelconque, Prosper viendra voir son maître et Jean partira avec lui... Vous resterez encore quelques instants avec moi, puis vous me confierez à l'infirmière, et ensuite vous irez rejoindre Jean qui sera dans la voiture.

« Vous voyez, c'est très simple...

— Je n'oublierai jamais ce que vous faites là...

— C'est tout naturel...

— Ce serait tout naturel, en effet, si vous n'aviez pas derrière vous cette terrible histoire, si cette accusation d'un meurtre que vous n'avez pas commis ne pesait pas sur votre tête...

« Une fois que vous serez prisonnier, vous serez interrogé.

— Je dirai au juge d'instruction la vérité...

— Hélas ! il faudra prouver cette vérité...

— Le jugement des hommes m'importe peu, j'ai pour moi ma conscience...

« Dans cette épreuve, ma consolation sera de penser que vous me croyez innocent et que j'ai pu contribuer à vous éviter le chagrin de voir votre fils faussement arrêté...

Mme Dubreuil hocha la tête...

— Vous avez raison, mon ami, mais je suis grandement affligée en pensant à tout ce que vous allez souffrir à cause de Jean, de moi...

— Je ne fais que mon devoir ; plût au ciel que je me sois toujours conduit ainsi... Mon père, là-haut, m'approuve... en ce moment, et je suis sûr qu'il me pardonne le chagrin que jadis je lui causai...

Il se tut et Mme Dubreuil respecta son silence.

On arrivait à la maison de santé.

Mme Dubreuil, à qui Pierre donnait le bras, fut introduite tout de suite auprès du docteur Fauvel...

— J'ai amené mon neveu, dit-elle, c'est le meilleur ami de mon fils... Je ne devais venir que demain, mais mon neveu est de passage à Paris... Il a voulu voir son cousin... Alors, j'ai enfreint vos ordres.

— Vous avez fort bien fait, madame...

« Je suis aise de vous voir...

« Figurez-vous que des policiers étaient venus pour arrêter votre fils... Quelle stupidité !...

— Comment va-t-il, docteur? dit vivement Mme Dubreuil.

— Mais aussi bien que possible, chère madame. Il a voulu qu'on le rase, a contemplé avec satisfaction son visage et a témoigné une joie d'enfant lorsque son infirmière, Mlle Rose, lui a proposé d'aller dans le jardin, où vous le trouverez en ce moment...

« Pour en revenir à ce que je vous disais tout à l'heure, j'ai envoyé promener ces individus qui sont en train de commettre une erreur formidable... Ah ! la police est bien mal faite...

« Si vous le permettez, je vais vous conduire.

« Nous allons le trouver gentiment assis sous quelque tonnelle, auprès de son infirmière.

« Il est d'une douceur extrême !

— Mon pauvre Jean, dit à mi-voix Mme Dubreuil, dont les yeux s'emplissaient de larmes.

— Quand il ne comprend pas ce qu'on veut lui faire faire, l'infirmière le prend par la main et il la suit docilement.

« Vraiment, c'est un malade qui n'est pas désagréable !... Ah ! le voici !...

On trouva Jean Dubreuil assis sur un banc à côté de son infirmière qui tricotait en chantonnant.

Lui, une petite branche à la main, battait machinalement la mesure, en essayant de répéter les paroles qu'il entendait.

Mme Dubreuil alla vers lui, et l'embrassa en pleurant.

— Pas de larmes, pas de larmes, dit vivement le docteur, cela l'affecte.

« Voyez comme son regard change tout de suite. Soyez gaie, souriez-lui.

— Je souris, voyez, docteur, dit Mme Dubreuil essuyant ses larmes et se forçant à sourire. Pourrai-je rester longtemps auprès de lui ?

— Vous n'êtes pas encore assez maîtresse de vous-même. Je vous demande de ne rester qu'une demi-heure aujourd'hui, nous verrons demain.

— Docteur, pouvez-vous autoriser mon chauffeur à venir voir mon fils ?

« Ils ont été ensemble aviateurs.

« Mon fils lui a sauvé la vie.

— Mais certainement, chère madame, Mlle Rose va vous l'envoyer, et reviendra chercher son pensionnaire quand la demi-heure sera écoulée.

« Vous entendez, mademoiselle Rose, une demi-heure, pas plus.

« Vous m'excuserez, madame, mais je dois rentrer, m'occuper des autres malades. A demain... Ayez confiance.

Mme Dubreuil remercia, donna à l'infirmière le signalement de Prosper.

Le docteur et Mlle Rose avaient à peine tourné les talons que Pierre se dévêtait vivement, retirait à Jean son gilet et son veston, lui mettait ses vêtements, l'aidait à endosser son grand pardessus dont il relevait le col et le coiffait de son chapeau.

Jean, amusé, riait niaisement.

Pierre lui retira ses pantoufles, qu'il mit à ses pieds, et lui passa ses chaussures.

Émerveillé, Jean poussait des petits cris de satisfaction et bégayait des phrases incohérentes qui déchiraient le cœur de sa mère.

— Suis-je assez ressemblant ? demanda Pierre.

— Oh ! oui, dit Mme Dubreuil, mais c'est votre regard.

— Rassurez-vous, j'éteindrai la flamme de mes yeux, j'oublierai les mots. Voici Prosper, tentons une épreuve.

Subitement, Pierre s'affaissa, prit un regard morne, et sur ses lèvres mit un sourire niais.

Prosper, guidé par l'infirmière, arrivait.

Mlle Rose, ayant montré la tonnelle, s'éloigna discrètement.

Prosper ôta machinalement son chapeau à la vue de Pierre.

— Pauvre M. Jean, murmura-t-il, penser que c'est lui que je vois comme cela ! Crapule d'Hoffer, va... Mais c'est pas tout cela, faut se grouiller, monsieur Pierre. Vivement, quittez vos frusques...

Il s'était tourné vers Jean...

Pierre éclata de rire...

— Allons, je puis me risquer ; puisque Prosper s'est trompé, les autres se tromperont...

— Oh ! fit le chauffeur émerveillé, c'était vous ?... Ah ! mince, alors... Tous mes compliments... Alors, vous restez encore un peu, monsieur Pierre, moi je vais emmener M. Jean. Pourvu qu'il consente à me suivre... Je ne peux pourtant pas le ficeler comme dans le bois...

— Prenez-le par le bras et guidez-le ; il vous suivra...

Prosper passa son bras sous celui de Jean, le fit se lever et l'entraîna hors de la tonnelle...

Jean Dubreuil, machinalement, le suivit.

Il s'en alla avec lui sans regarder en arrière, oubliant ceux avec qui il était tout à l'heure.

— Pourvu qu'il recouvre la raison, dit Mme Dubreuil. S'il allait ne pas guérir !...

Déjà Prosper et Jean étaient sortis du jardin...

— Tout s'est bien passé, dit Pierre, Jean n'a rien dit. Voici Mlle Rose qui revient annoncer que la demi-heure est écoulée. Jouons nos rôles, n'oubliez pas que, pour un instant, je suis votre fils...

— Et je vous aime autant que lui, en ce moment, vous qui risquez votre liberté...

— Chut ! attention !

L'infirmière était là.

— C'est l'heure, madame...

— Si tôt ! allons, puisqu'il le faut... Au revoir, mon enfant... mon cher enfant...

Elle prit dans ses mains la tête de Pierre et longuement déposa sur son front le plus affectueux des baisers...

Sous cette caresse maternelle, Pierre faillit se trahir...

Il bégaya :

— Ma... Ma...

Film Pathé.

Le policier Daurisse, surnommé « Tête-de-Bois ».

L'agent Leloup, collègue de Daurisse.

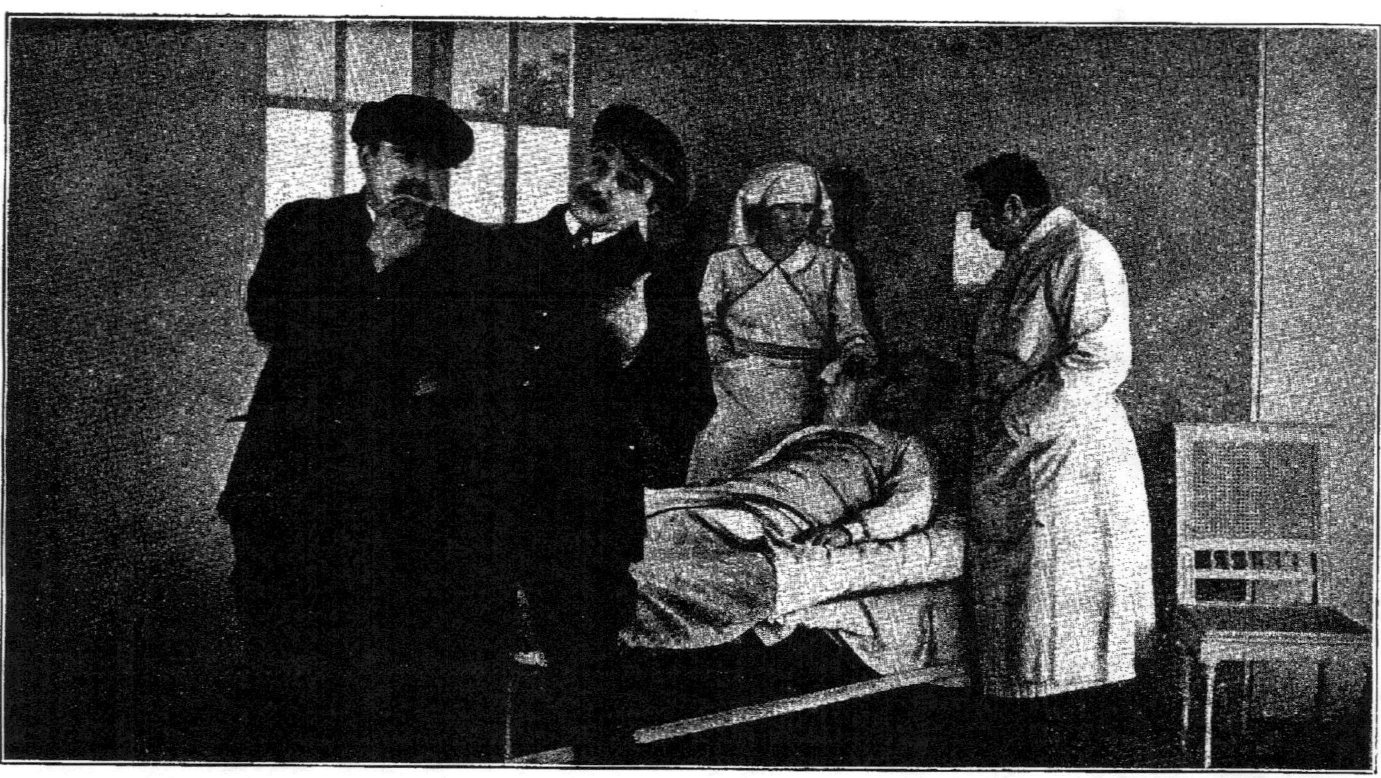

Film Pathé.

Interloqués et hésitants, les policiers se demandaient s'ils étaient en présence de Jean ou de son sosie.

L'infirmière, intriguée, s'était approchée...

Pierre éclata de rire, se détourna...

Mme Dubreuil, portant son mouchoir à ses yeux, s'en fut.

— Et nous aussi, nous allons partir, mon ami... dit Mlle Rose, allons, venez... Ah ! c'est vrai ; vous ne comprenez pas...

Elle le prit par la main.

— Là, comme deux amoureux... allons, c'est parfait...

Puis, tout haut, sans crainte d'être entendue par son compagnon :

— Il a l'air plus idiot que jamais, le pauvre garçon, jamais il ne guérira, le docteur ne sait pas ce qu'il dit...

Peu après Pierre était dans sa chambre et, obéissant à l'infirmière, se couchait.

Ses épreuves allaient bientôt commencer...

Pendant ce temps, Mme Dubreuil riait et pleurait, embrassant dans la voiture son cher Jean qui, insensible à ces manifestations de tendresse, s'endormait dans ses bras !...

CHAPITRE VI

L'AGENT LELOUP EST DÉCONCERTÉ

Leloup était satisfait...

Il avait enfin entre les mains le fameux mandat d'amener au nom de Jean Dubreuil.

— Ah çà ! disait-il à son collègue, nous sommes bons, nous tenons notre gaillard...

« Allons-y gaiement...

Il héla un taxi, donna l'adresse de l'hôtel Dubreuil.

Maussade, Daurisse prit place dans la voiture.

— Mon cher Leloup, tout cela, c'est très bien, mais si nous allions commettre une erreur ?... N'oubliez pas qu'on nous a dit : « Surtout, pas de gaffe ! »

Leloup eut un sourire de pitié :

— Quelle gaffe voulez-vous qu'il y ait !

« Il me semble que tout cela est clair, et M. Hoffer, qui est un gentil garçon, nous a fait toucher la vérité du doigt.

« C'est d'une clarté aveuglante, je vous dis...

« L'aviateur masqué est le vrai Jean Dubreuil...

« C'est celui qui est à la maison de santé...

« Par conséquent, l'individu que nous trouverons chez les Dubreuil n'est pas Dubreuil...

— Pardon, rétorqua Daurisse, une supposition que le Dubreuil qui est chez Dubreuil soit Dubreuil et que le Dubreuil que l'on croit Dubreuil à la maison de santé ne soit pas Dubreuil... Vous voyez que la gaffe serait terrible d'arrêter Dubreuil parce qu'il n'est pas Dubreuil et de laisser en liberté le Dubreuil qui n'est pas Dubreuil...

— Oh ! ma tête, gémit Leloup... Qu'est-ce que vous allez chercher là, mon vieux...

« Vous compliquez à plaisir les choses les plus simples...

« Voulez-vous raisonner cinq minutes intelligemment ?...

— Il me semble que c'est ce que je fais, riposta l'autre vexé...

— Il vous semble mal... Suivez-moi bien...

— Je fais plus que vous suivre... je vous accompagne...

Cette facétie dérida Leloup.

— Oui, dit-il avec un gros rire, vous êtes un plaisant, mais cela ne change rien à la logique de ce que je vais vous dire...

« Un monsieur se masque, pourquoi ?

— Parce qu'il ne veut pas être reconnu.

— Pourquoi ne veut-il pas être reconnu ?... Parce qu'il est trop connu... Or y a-t-il quelqu'un de plus connu que Jean Dubreuil... Il s'est masqué pour faire une blague à ses amis, les intriguer en volant avec un masque sur la figure...

« Si Dubreuil n'avait pas été Dubreuil... s'il avait été l'autre, il se serait bien gardé de se masquer de peur d'attirer trop l'attention...

« Puisqu'on le prenait pour Dubreuil, il aurait volé comme tout le monde, sans masque... et on n'aurait pas fait tant de bruit autour de lui...

« Donc, puisque le faux Dubreuil aurait volé sans masque, c'est donc que l'aviateur masqué est le vrai Dubreuil, comprenez-vous ?...

— Oui, mais cependant...

— Il n'y a pas de cependant... Ce que je dis crève les yeux...

« Autre chose. Qui est allé se promener sur l'aérodrome après l'accident ?

— Jean Dubreuil...

— Non, le faux, qui, stupidement, croyant l'autre mort et en quittant l'aérodrome, est allé chez le vrai Dubreuil pour qui il s'est fait passer... Ce qui lui était très facile puisque personne ne savait que le vrai Dubreuil était l'autre... puisqu'il était masqué...

Le camarade de Leloup ne répondit rien...

Il était évidemment écrasé par la logique de son compagnon.

Fier de l'avoir convaincu, Leloup triompha bruyamment.

— Ce qui vous manque, c'est la logique. Vous ne serez jamais qu'un policier médiocre, si vous ne savez pas tirer des déductions des choses. Ce n'est que par la déduction qu'on arrive à la vérité...

« Il devrait y avoir une école de déduction pour tous les agents de la sûreté et les gardiens de la paix...

« Cela éviterait bien des gaffes, on perdrait bien moins de temps à arrêter des innocents à la place des coupables.

« Sans compter que cela fait des histoires, lorsque l'on est obligé, après avoir gardé huit mois en prison un individu, de le relâcher en lui disant : « Pardon, excuse, ce n'est pas vous le coupable, on s'est trompé... Fichez le camp et tâchez de ne pas recommencer... »

« Il y a des gens susceptibles qui ne comprennent pas qu'on peut faire des erreurs et qui se vexent de ces petites méprises qui sont forcées dans notre profession...

« Il n'y a que ceux qui ne font rien qui ne se trompent pas... pas vrai ?...

« Ami, il m'est arrivé une fois... Mais je vous dirai ça plus tard, nous voici arrivés devant le logis du malfaiteur...

— Est-ce qu'on garde la voiture ?

— Je pense bien. Vous n'avez pas la prétention de nous faire traverser Paris avec ce gaillard entre nous deux. Entrez dans la cour, chauffeur, et attendez-nous...

Les deux policiers entrèrent dans l'hôtel.

Prosper qui, à la fenêtre du premier étage, regardait avec mépris le modeste taxi qui se permettait de venir prendre place à côté de sa superbe limousine, vit les deux agents et ne put réprimer un cri de surprise.

— En voilà une histoire, qu'est-ce qu'ils viennent fiche ici ?

« C'est à la maison de santé qu'ils auraient dû aller...

« Qu'est-ce que cela signifie ?

« Je vais prévenir Mme Dubreuil. Attention, faut ouvrir l'œil et le bon. Si ces lascars sont malins, on va tâcher de l'être plus qu'eux...

Mme Dubreuil était auprès de son fils dans le salon, épiant les moindres gestes de Jean, qui regardait d'un air indifférent les images d'un journal illustré.

Dans le couloir, Prosper rencontra les deux agents.

— Bonjour, messieurs, dit-il aimablement, enchanté de vous voir... Quel est le bon vent qui vous amène dans ces parages ?

Leloup toisa le chauffeur.

— C'est vous, dit-il avec humeur...

— Si je vous disais que ce n'est pas moi, vous ne le croiriez pas...

— Mon garçon, je vous engage à être poli, si vous ne voulez pas faire connaissance avec le Dépôt... Voilà plusieurs fois que je vous rencontre sur mon chemin et vous me parlez d'une façon qui ne m'a guère plu...

— Qu'est-ce que j'ai fait ?

— Je n'en sais rien... Si je le savais, je vous coffrerais pour vous apprendre à vous mieux conduire, mais il ne s'agit pas de cela, où est le nommé Jean Dubreuil ?

— M. Jean est auprès de sa mère, mais je ne sais s'il pourra vous recevoir...

— Qu'est-ce que vous dites ? gronda Leloup.

— Je vais prévenir Mme Dubreuil de votre visite, messieurs...

Sans attendre la réponse, Prosper entra dans le salon, mais les deux agents s'élancèrent derrière lui, l'empêchant ainsi de prévenir Mme Dubreuil et de s'entendre avec elle.

— Madame, dit Leloup, nous venons ici pour arrêter le nommé Jean Dubreuil.

— Chapeau ! cria Prosper.

— Ah ! il s'appelle Chapeau, dit Leloup, c'est bon à savoir.

— Chapeau ! hurla Prosper, on ôte son chapeau devant les dames...

Leloup devint écarlate.

L'autre agent avait précipitamment retiré son chapeau en s'excusant.

Leloup, furieux, l'imita.

— Pardon, excuse, dit-il, on n'avait pas l'intention d'être impoli. C'est un oubli...

— Que disiez-vous, messieurs ? dit Mme Dubreuil, hautaine.

— Nous voulons emmener celui-ci, dit Leloup en désignant Jean, qui n'est qu'un malfaiteur qui se fait appeler Jean Dubreuil.

— Ah çà ! messieurs, quelle est cette plaisanterie ? De quel droit vous permettez-vous d'insulter mon fils ?

— Ce n'est pas votre fils qui est là.

— Ce n'est pas mon fils ! C'est à moi, sa mère, que vous osez dire une pareille absurdité... Et où serait donc mon fils, s'il vous plaît ?

— Il est dans une maison de santé, rue de la Faisanderie.

— Il y était, en effet, mais il n'y est plus, puisque le voici.

— Comment ? le malade ? l'aviateur masqué ?... Jean Dubreuil...

— Est devant vous !

Leloup, effaré, regarda Daurisse qui murmura :

— Ça y est, c'est la gaffe...

— Quoi, quoi, la gaffe, dit Leloup hors de lui, taisez-vous imbécile.

— V'lan... v'lan... gouailla Prosper. V'lan dans la gueule à Jean.

— Voyons, madame, reprit Leloup qui jetait autour de lui des regards effarés, faites attention à ce que vous dites, n'essayez pas d'égarer la justice.

« Vous prétendez que cet homme était à la maison de santé, qu'il est bien votre fils, ne vous trompez-vous pas ?

— Une mère ne peut se tromper, dit Mme Dubreuil rougissant légèrement, car, en énonçant cette affirmation, elle pensait qu'elle avait été dupe pendant quelque temps de la ressemblance de Pierre qu'elle avait pris pour son fils.

Les policiers étaient excusables de douter.

— Messieurs, dit-elle, mon fils qui était l'aviateur masqué a fait une chute qui lui a fait perdre la raison. Il vous est facile de voir que c'est bien lui. Interrogez-le, vous serez convaincus.

Leloup s'approcha de Jean et naïvement lui demanda :

— Est-ce que c'est vrai que vous n'avez pas votre raison ? Allons, parlez, n'essayez pas d'égarer la justice.

Jean Dubreuil le regarda d'un air stupide, hocha la tête, fredonna l'air qu'il avait entendu chanter par l'infirmière, puis se mit à compter ses doigts d'un air sérieux.

— C'est bien lui, dit Daurisse, je reconnais ses yeux, c'est celui qui était rue de la Faisanderie, c'est Jean Dubreuil.

— Mais alors, vociféra Leloup, l'autre ?

— Quel autre ? demanda Mme Dubreuil.

— Celui qui s'appelait aussi Jean Dubreuil.

— Je ne sais ce que vous voulez dire.

— Monsieur, intervint Prosper, il n'y a jamais eu d'autre Jean Dubreuil que celui-là... Je suis payé pour le connaître, peut-être... On a été mobilisés ensemble, on a fait la guerre, on a volé, on a été blessés ensemble... J'affirme qu'il n'y a qu'un Jean Dubreuil au monde... mon ancien lieutenant, et que le voici. Or, comme je ne l'ai jamais quitté depuis la démobilisation...

— Fichez-moi la paix, vous, s'emporta Leloup. Il ne s'agit pas de votre patron, qui est un honnête homme et qui n'a rien à craindre de la justice... c'est l'autre qu'il me faut.

— L'autre qui ?

— L'autre Jean Dubreuil !

— Mais sacrebleu, s'écria Prosper, il n'y a pas d'autre Jean Dubreuil, on vous dit... Il n'existe qu'un Jean Dubreuil, le voilà...

Leloup tira sur sa moustache comme s'il voulait l'arracher, roula des yeux furibonds, examina tour à tour Mme Dubreuil impassible, Prosper goguenard, Jean Dubreuil indifférent et Daurisse ahuri, puis d'un ton hésitant :

— Si nous arrêtions tout de même celui-là, demanda-t-il à son collègue.

Mme Dubreuil se récria :

— Arrêter mon fils... Osez-le donc ! Prosper, prenez le téléphone et demandez M. le préfet de police.

Prosper se dirigea vers l'appareil.

— Arrêtez, dit vivement Daurisse. Etes-vous fou, Leloup ? Opérez l'arrestation tout seul, si vous voulez... moi, je dégage ma responsabilité... Avez-vous oublié ce que vous me disiez tout à l'heure dans la voiture ? L'aviateur masqué est et ne peut être que Jean Dubreuil... et voilà que vous voulez le coffrer à présent.

— Mais, mille tonnerres, il faut que j'arrête un Jean Dubreuil, moi, j'ai un mandat à ce nom...

« Voyons... voyons... je me sens devenir fou...

« Excusez-moi, madame, si j'ai l'air de perdre la tête, mais mettez-vous à ma place...

— Oh ! dit Prosper, c'est pas des choses à proposer, vous savez...

Leloup continua :

— Un individu poursuivi pour meurtre et ressemblant à votre fils s'est substitué à lui et a dépisté mes recherches... Or, cet individu se trouvait, lors de l'accident de votre fils, sur l'aérodrome... il a été vu dans sa voiture, la vôtre... Il a habité ici... vous l'avez vu... vous ne pouvez pas dire le contraire ? Votre chauffeur l'a vu, l'a conduit ?

« Il faut, madame, il faut absolument que vous me disiez ce que cet homme est devenu, sinon je suis obligé de vous considérer comme les complices de cet homme, vous et votre chauffeur, et, au lieu d'arrêter votre fils, c'est vous-même que je vais mettre en état d'arrestation... »

Mme Dubreuil répondit simplement :

— Arrêtez-moi...

— Ah ! non, dit vivement Prosper, pas de ça, Lisette... on a tenu le coup tant qu'on a pu... Puisqu'il n'y a pas moyen de sauver l'autre, on va le donner... D'ailleurs c'était réglé comme ça, rappelez-vous, madame...

— Prosper...

— Vous en prison ! manquerait plus que ça... Et qui soignerait M. Jean ?...

— C'est vrai, dit Mme Dubreuil, il y a Jean à soigner... à sauver...

— Donc je parle... Celui que vous cherchez, messieurs, se trouve à la maison de santé du docteur Fauvel, rue de la Faisanderie. Il est inscrit sous le nom de Jean Dubreuil...

— Ah ! dit Leloup, enfin, nous le tenons...

« Venez, collègue... »

Oubliant de prendre congé, tout à la joie de s'emparer du fameux malfaiteur, Leloup entraîna Daurisse.

Ils descendirent les marches quatre à quatre, sautèrent dans leur taxi-auto et Prosper entendit la voix de stentor de Leloup crier au chauffeur :

— Rue de la Faisanderie et en vitesse !...

Prosper éclata de rire.

CHAPITRE VII

LES ÉTONNEMENTS DE LELOUP ET DE PROSPER

Pierre, couché, avait fait semblant de dormir pour pouvoir penser tout à son aise et ne plus être contraint de jouer la comédie du pauvre blessé privé de raison.

Au bout d'un instant, l'infirmière, rassurée par la respiration égale de Pierre, l'avait laissé seul.

Pierre alors avait ouvert les yeux, examiné attentivement tous les objets qui l'entouraient, puis il était tombé bientôt dans une profonde rêverie.

Ce n'est plus au passé qu'il songeait, mais au présent qui lui paraissait bien sombre.

Si on l'arrêtait, si on le jugeait, comment pourrait-il arriver à prouver son innocence ?

Cela lui paraissait difficile, pour ne pas dire impossible.

Si son frère, comme il l'espérait, guérissait, nul doute qu'il ne se dévouerait à le tirer de ce mauvais pas.

Lui seul pouvait aller en Afrique, enquêter, voir la femme de l'administrateur, arriver à réunir les preuves de sa non-culpabilité.

Mais d'ici là il lui faudrait rester en prison.

Peut-être serait-il condamné !

Condamné, oui... Il le serait !...

Il évoqua le bagne en frissonnant.

Un bruit de voix l'arracha à sa triste rêverie.

Le docteur Fauvel entrait.

Derrière lui l'infirmière, puis deux hommes au visage barré d'une épaisse moustache, à l'allure caractéristique.

— Des agents en bourgeois ! pensa Pierre, qui les regarda d'un air égaré... Ceux qui cherchent Jean !

— Voilà celui que vous venez chercher, messieurs, dit le docteur.

« Au nom de l'humanité, je proteste contre cette arrestation odieuse et arbitraire !

« Quelles que soient les fautes de cet homme, il est inhumain de l'arracher à nos soins en cet état pour le conduire à l'infirmerie spéciale du Dépôt...

— Nous avons des ordres, docteur.

— Ce n'est pas à vous que va ma protestation, elle va à vos chefs... à ceux qui ont délivré le mandat...

« Mais la loi est là, je m'incline devant elle...

« On va vous livrer votre victime... je dis victime, car pour moi, cet homme est innocent de tout crime...

« Il est victime d'une monstrueuse erreur policière...

« Mademoiselle Rose, aidez ce malheureux à s'habiller et confiez-le à ces messieurs. »

Le docteur Fauvel s'approcha de Pierre, lui prit la main :

— Puissiez-vous être bientôt guéri, mon pauvre ami, et prouver à vos juges qu'une fois de plus la justice a fait fausse route !

Il sortit rapidement.

L'infirmière, qui s'était attachée à son malade, l'aida à se vêtir, sous l'œil embarrassé des agents qui, pour se donner une contenance, sifflotaient en regardant à travers les vitres de la fenêtre...

— Lui ! coupable ! murmurait Mlle Rose, et de quoi, bon Dieu ! Il est doux comme un mouton... Il ne ferait pas de mal à une mouche... et sa pauvre maman, qui a l'air si distingué, qu'est-ce qu'elle va dire quand elle apprendra ça ?...

Pierre était habillé et souriait à Rose.

— Tenez, dit l'infirmière très émue, le voilà votre prisonnier... l'homme qui met en danger la société... au revoir... mon petit, au revoir...

Pierre, comme s'il eût compris qu'un danger le menaçait, se blottit près de Rose, la prit par le cou, l'embrassa...

Rose éclata en sanglots...

— Le pauvre jeune homme ! s'écria-t-elle... on dirait qu'il comprend... Ah ! je ne peux pas supporter ça... au revoir... mon chéri...

Elle l'embrassa de tout son cœur et s'enfuit en laissant Pierre avec les agents.

— C'est bon, dit l'un d'eux, d'une voix rude... c'est fini, à présent, toutes ces magnes... prends-y l'autre bras... en route, allons, viens, idiot...

Tenu par les deux agents, Pierre, ahuri, quitta la chambre.

Il traversa la maison de santé, suivi par les regards émus des infirmières qui ne se gênaient pas pour lancer des paroles discourtoises à l'adresse des deux policiers.

Une grande voiture automobile était dans la cour.

Le chauffeur, à la vue des agents, quitta son siège, ouvrit la portière.

Il poussa brutalement Pierre.

Les deux agents montèrent, s'assirent près de lui, l'auto ronfla, partit...

Vingt minutes après elle s'arrêtait en haut de la rue Caulaincourt devant la maison dans laquelle Hoffer s'était précédemment trouvé en compagnie du fameux chef.

Le docteur Fauvel, après avoir vu partir son malade et fait à ses aides un discours indigné sur des méthodes policières indignes d'un peuple civilisé, se rappela que son malade avait une mère et que cette mère ignorait cette odieuse arrestation.

Il décida qu'il allait lui téléphoner ce qui venait de se passer.

Comme il se rendait vers la cabine téléphonique installée au premier étage de la maison de santé, un domestique vint lui dire que deux messieurs insistaient pour lui parler sur-le-champ.

Le docteur remit à plus tard la communication et alla rejoindre les deux visiteurs qu'il avait donné l'ordre de conduire dans son bureau.

A leur vue, il fronça le sourcil, mais se déridant aussitôt :

— Je devine, dit-il, que vous avez passé à des collègues moins délicats cette ignoble mission et vous venez m'en informer... Je vous félicite. L'arrestation de ce pauvre garçon était une tâche qui devait répugner à des braves gens tels que vous.

Leloup, interloqué — car c'était lui qui était là avec son inséparable collègue — balbutia :

— Je ne comprends pas ce que vous voulez dire, monsieur le docteur.

« Dans tous les cas, je n'ai pas à discuter les ordres qu'on me donne.

« Voici un mandat en bonne et due forme, je vous prie de nous remettre le prétendu Jean Dubreuil.

— Un mandat ! s'écria le docteur... Encore !

Leloup se méprit à cette exclamation.

Il crut que le docteur mettait en doute l'authencité du papier qu'il lui présentait.

Orgueilleusement, scandant chaque mot, le policier lut :

« Nous, Guillet, juge d'instruction
« au tribunal de première instance,
« vu l'article 40 du code d'instruction
« criminelle, mandons et ordonnons à
« tous huissiers ou agents de la force
« publique d'amener devant nous,
« conformément à la loi, le nommé
« X..., supposé Jean Dubreuil. »

— Et c'est signé, affirma Leloup... et le cachet officiel y est.

« Ce mandat, monsieur le docteur, est tout ce qu'il y a de plus valable, et en refusant d'obtempérer vous tombez sous le coup de la loi.

« D'ailleurs, je ne vois pas pourquoi vous hésiteriez pour de vagues raisons humanitaires à nous laisser emmener cet individu que nous avons surpris en train de voler un pain.

— Ce qui prouve, appuya Daurisse, dit Gustave, qu'il est capable de voler aussi bien un bœuf, une maison ou un million, parce que les voleurs, ça ne respecte rien, et ce particulier doit avoir sur la conscience pas mal d'histoires, qu'il est de notre devoir d'éclaircir.

— Assez, Gustave, vous parlez bien, mais vous parlez trop.

— Réfléchissez... Hoffer ou moi ! disait Génévrier d'un ton menaçant.

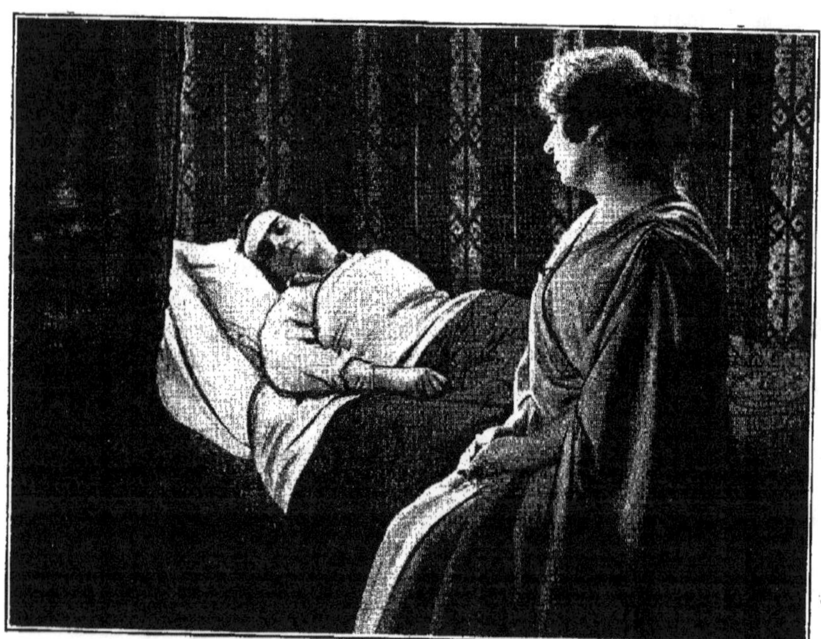

Film Pathé.

Elle passait des journées entières au chevet de son malheureux fils.

Dès qu'elle se trouvait seule, Simone pensait à celui qu'elle aimait.

Film Pathé.

Les visites quotidiennes d'Hoffer étaient pour elle un supplice affreux.

Film Pathé.

Mme Dubreuil remerciait l'infirmière de son dévouement. — Mon brave Prosper... que s'est-il passé ? questionnait Jean.

Les deux agents se mirent à la disposition du maître d'hôtel.

Film Pathé.

Une brillante soirée fut donnée à l'occasion de la signature du contrat.

« A présent que vous êtes au courant des faits et gestes de cet individu, je suppose, monsieur, que vous allez sans hésiter...

Le docteur éclata.

Ce qu'il entendait dépassait les bornes.

Hors de lui, il apostropha Leloup sans la moindre aménité :

— Je ne suis pas un monsieur dont on puisse impunément se payer la tête... sachez-le... monsieur de la police... Et je ne vous permets pas, avec ou sans mandat, de continuer de vous moquer de moi... Cette plaisanterie n'a que trop duré... Faites-moi le plaisir de vous en aller et tout de suite...

— Monsieur, répliqua Leloup, pâle de fureur, faites attention à ce que vous faites. Il pourrait vous en cuire si vous nous obligez à requérir la force pour exécuter le mandat. Je vous somme de nous livrer Jean Dubreuil...

— Eh ! allez au diable avec votre Dubreuil ! vous vous fichez de moi ! vous savez bien qu'il est en route pour l'infirmerie du Dépôt, puisqu'il y a un quart d'heure des agents sont venus le chercher.

Leloup chancela tandis que Tête-de-Bois blêmissait.

— Vous dites, fit-il d'une voix étranglée, que Jean Dubreuil...

— A été emmené, arrêté, par deux de vos collègues. Ah ! il y a de l'ordre dans votre administration !...

« Votre chef ne s'est pas rappelé qu'il avait envoyé déjà deux agents... Il vous envoie par-dessus le marché... Vous n'avez sans doute pas grand'chose à faire !...

— Mais... mais... c'est impossible... bégaya Leloup. Il n'a été délivré qu'un mandat à moi... Leloup...

— C'est ce qui vous trompe... Ceux qui sont venus avaient un mandat.

— En règle ?

— Je le suppose. Il y avait le libellé classique, l'en-tête habituel, des cachets, des signatures illisibles...

Leloup, assommé, s'écroula sur une chaise.

Son coadjuteur, éperdu, balbutia :

— C'est bien ce que je pensais... la gaffe... Nous avons fait la gaffe...

Ce mot rendit toute son énergie à Leloup.

Il se leva, comme mû par un ressort.

— Vous me donnez votre parole, monsieur le docteur, que Jean Dubreuil n'est plus chez vous et que de prétendus agents de la Sûreté l'ont enlevé ?...

— Messieurs... il vous est facile de vérifier... on va vous conduire à sa chambre... vous interrogerez tout le personnel...

— Inutile, dit Leloup, je vous crois. Nous avons l'honneur de vous saluer...

Il fit un signe à Daurisse, qui le suivit accablé.

Devant la grille de la maison de santé, les deux policiers se regardèrent.

— Mon cher ami, dit Leloup, je suis sûr que vous pensez comme moi...

— Ah ! ça dépend...

— Si... vous pensez que ce sont les gens de l'hôtel Dubreuil qui ont fait faire le coup... je suis sûr que l'un de ces agents devait être ce chauffeur insolent... Oh !...

— Quoi !

— Le voilà justement avec son auto... Halte ! au nom de la loi !

« Arrêtez ! ou je tire !...

Leloup avait exhibé un browning et le dirigeait vers Prosper, qui, ahuri de cet accueil, arrêtait docilement sa machine.

— Quoi ? quoi ? Remisez votre joujou ! Voulez-vous que je fasse mains en l'air ?... Voilà...

Ce disant Prosper levait ses mains vers le ciel en criant :

— Hands up ! deuxième épisode !

Leloup avait bondi vers lui, écumant :

— C'est vous qui, avec vos complices, venez d'enlever Jean Dubreuil...

— Hein ! quoi ! vous êtes maboul ! Jean Dubreuil enlevé, par qui ?... quel Dubreuil ?... d'abord ?...

— Celui qui était ici...

— Et vous dites qu'il a été enlevé ?

— Oui, par deux complices à vous, déguisés en agents, munis de faux mandat.

La figure de Prosper Mézan refléta un tel ahurissement que Leloup fut pris d'un doute violent.

— Voyons, dit-il plus doux, est-ce vous ?

— Mais bon sang de bonsoir, comment aurai-je pu avoir une idée aussi stupide et comment aurais-je pu l'exécuter puisque j'étais là-bas avec vous et que je viens de quitter l'hôtel justement pour voir ce faux Dubreuil, lui dire quelques mots au moment où vous l'emmèneriez ?...

« Enlevé, lui ! mais par qui, nom d'une pipe, par qui ?...

« C'est vous qui aviez l'ordre... On vous l'aurait donc volé ?...

— Non, dit Leloup, je l'ai toujours...

— Alors ! alors... mais c'est absurde... c'est fou...

Daurisse hocha la tête.

— Nous n'aurions pas dû écouter M. Hoffer et aller à l'hôtel Dubreuil...

« C'est ici que se trouvait le coupable... c'est ici qu'il fallait venir...

— Ah ! s'exclama Prosper, c'est Hoffer qui vous a envoyé chez nous ? Oh ! oh ! oh !

— Oui, dit Leloup, et il aurait eu raison, si...

— Ah ! c'est Hoffer, interrompit le chauffeur, et pendant que vous étiez à l'hôtel Dubreuil d'après ses conseils, on vous remplaçait ici et on subtilisait celui qui devait être votre prisonnier... tiens... tiens... mais c'est intéressant, ça...

— Quel intérêt ça a ? dit Leloup bourru.

— Un énorme ! passez donc d'ici deux jours à l'hôtel Dubreuil, si vous n'avez rien trouvé. J'ai dans l'idée que moi j'aurai trouvé et je vous donnerai un tuyau épatant.

— Bon... bon... alors, jeune homme, vous n'êtes pour rien dans cette affaire ?

Prosper haussa les épaules.

— J'y suis pour si peu que je vais me mettre en campagne pour retrouver le disparu, que, pour des raisons qui ne sont pas les mêmes que les vôtres, je tiens à savoir en lieu sûr...

« Vous me comprenez ?

— Pas du tout... mais je crois que vous êtes étranger à cet enlèvement et je vous laisse en liberté provisoire... Rompez...

— Merci, vous êtes bien aimables... A bientôt, messieurs...

Prosper Mézan fit machine en arrière... tourna la voiture et partit à toute allure...

— Monsieur Hoffer, dit-il, j'ai gagné la première manche, vous avez gagné la seconde ; à moi la belle.

Et Prosper avait raison d'avoir confiance car, le lendemain matin, il recevait cette lettre :

« Arrivé de nuit rue Caulaincourt.
« Impossible savoir numéro. Rendez-
« vous demain soir, neuf heures, coin
« rue Dury. Vais pas hôtel Dubreuil,
« qui sera surveillé par policiers pré-
« venus par Hoffer. Attention pas être
« suivi.

« PIERRE. »

Où Pierre avait-il écrit ?
Comment avait-il pu le faire ?

CHAPITRE VIII

LE GEOLIER DE JEAN DUBREUIL

L'appartement occupé par celui qu'Hoffer appelait « le chef » était composé de nombreuses pièces qui avaient ceci de particulier, c'est que toutes les fenêtres étaient pourvues intérieurement de barreaux fort solides.

Les barreaux posés derrière les vitres dépolies étaient invisibles de l'extérieur et l'appartement dudit chef pouvait, le cas échéant, servir de discrète prison...

C'en était une, en effet, et dont il n'était pas facile de sortir, car le gardien qui veillait à l'entrée du couloir qui conduisait à la sortie était dévoué au chef, et en plus de la chaîne de sûreté qu'il n'ôtait qu'à la vue d'un visage connu, il gardait dans sa poche la clef de la serrure qu'il fermait soigneusement après l'entrée ou la sortie de chaque visiteur.

C'était en ce lieu que Pierre avait été conduit...

On l'avait jeté dans une sorte de réduit assez vaste et tenant au cabinet de toilette par lequel il fallait passer. Ce réduit ne recevait de jour que par une lucarne haut placée, munie de barreaux et d'un grillage.

Pierre se laissa choir sur un lit de camp scellé dans le mur, pour qu'il ne prît pas fantaisie à l'habitant de ce lieu de s'en servir en plaçant dessus l'unique siège de la pièce.

Pierre entendit qu'on poussait le verrou derrière lui et des pas qui s'éloignaient.

Il alla à la porte et constata avec joie que le verrou avait été maladroitement poussé sans que la porte fût complètement fermée, ce qui rendait cette précaution inutile, puisque le verrou était poussé dans le vide.

Mais en homme prudent, au lieu de sortir tout de suite de sa prison pour aller reconnaître les lieux, il colla son oreille contre la porte et écouta...

Quoique étouffé, le bruit des voix parvenait assez distinctement jusqu'à lui...

Hoffer, triomphant, expliquait :

— Grâce aux deux hommes que vous m'avez envoyés lorsque j'ai téléphoné, et grâce aussi à l'obligeance de M. Génévrier qui m'a prêté sa voiture, ça a marché tout seul...

— De sorte que nous voici maintenant les maîtres de cet imbécile de Jean Dubreuil...

— Imbécile est le mot... Je doute même qu'il recouvre jamais la raison...

— On ne sait pas... on ne sait pas... Enfin vous avez très bien manœuvré...

« Hoffer, je vous félicite. Mais convenez que je vous ai joliment aidé en procurant à mes hommes ce mandat... faux... Était-il assez bien imité ?... hein !...

— Oh ! prodigieux, dit Hoffer admiratif... sur le vu d'un pareil mandat je n'aurais pas hésité à m'arrêter moi-même...

Les deux hommes se mirent à rire.

— Ce n'est pas tout cela, dit le chef, il s'agit maintenant d'opérer contre l'autre, le sosie, si nous voulons que votre mariage aboutisse... parce que votre Simone n'aurait qu'à se mettre dans la tête que c'est celui-là Jean Dubreuil et il n'y aurait rien à faire...

— J'ai lancé contre lui les deux policiers Leloup et Daurisse, qui ont dû l'arrêter tout à l'heure... Il se débrouillera avec le juge d'instruction...

— Parfait...

— La sonnerie du téléphone se fit entendre.

— Oh ! oh ! dit le chef, il se passe quelque chose de grave, on ne me téléphone ici que très rarement... Allô ! Allô !... Weistermann... Oui, c'est moi...

« Ah ! c'est vous le 317, bon, qu'est-ce qu'il y a ?... Vous dites... allô... Mademoiselle, ne coupez pas... Oui, oui, j'écoute... Non, non, vous êtes sûr ?... Les imbéciles... Allô, continuez... mes ordres... rien pour l'instant... Allez voir Génévrier demain, il vous remettra un papier cacheté avec mes instructions.

Le récepteur fut raccroché.

Pierre, instinctivement, poussa la porte pour mieux entendre.

— Hoffer, dit le chef, savez-vous ce que vient de me téléphoner 317, qui, depuis deux jours, était par mon ordre en observation devant l'hôtel Dubreuil ?... Non, n'est-ce pas ?... Eh bien, vos policiers sont sortis de l'hôtel Dubreuil sans emmener personne et 317 les a entendus qui disaient à leur chauffeur de les conduire rue de la Faisanderie.

— Sacré tonnerre, ils ont dû se laisser monter le cou, courir à la maison de santé pour arrêter le vrai Dubreuil. J'avais heureusement pris les devants... Quels imbéciles ! Ils croient que le sosie, le malfaiteur, comme ils disent, était celui que nous tenons... le vrai Dubreuil... Je vais à nouveau, par une lettre dénonciatrice, les lancer sur la piste... les décider à arrêter le faux Dubreuil...

— Comment ont-ils pu se laisser convaincre ?

— Eh ! il doit s'être produit un fait que j'ignore, qui pousse Mme Dubreuil et le chauffeur à soutenir le faux Dubreuil.

— Quelle chose croyez-vous ? Ce serait intéressant à savoir, je vais moi-même m'occuper de lui...

— Et moi je vais dénoncer le nommé Prosper Mézan comme le complice du malfaiteur qui loge à l'hôtel Dubreuil... Et qui sait si Mme Dubreuil n'est pas dupe, elle aussi, et ne croit pas que l'autre est son fils ?

Le chef ricana :

— Ça... ça serait drôle, mais vous, il vous faut prouver à Simone Dupon-Martin que le Dubreuil qui est à l'hôtel est le faux...

Puis brusquement.

— Et si c'était le vrai ?

Hoffer ricana :

— Allons donc, le vrai c'est l'aviateur masqué, celui que j'ai raté... mais que sa chute a rendu idiot... c'est celui que nous tenons, j'en suis sûr... la haine ne se trompe jamais...

— Vous avez raison. Faites donc ce qu'il convient pour que l'arrestation de l'autre ait lieu le plus tôt possible... Dans tous les cas, moi je vais opérer à la Bourse contre Dupon-Martin, faire tomber les actions de sa société, qui seront soi-disant rachetées par vous et Génévrier... Vous tiendrez donc tous les deux le bonhomme et, s'il veut arrêter la faillite, il faudra qu'il vous donne Simone, que vous abandonnerez naturellement trois mois après votre mariage...

— Comment, se récria Hoffer, j'abandonnerai ma femme, moi... pourquoi ?

— Oui, elle nous gênerait. On vous la donne, parce qu'on a besoin que vous soyez le gendre de Dupon-Martin. Une fois que nous connaîtrons tous les secrets de ses inventions, eh bien ! mais nous filons, et nous lui laissons sa fille pour le consoler...

« Allons, ne faites pas l'enfant...

« Vous aurez une jolie fille pendant trois mois, c'est plus que suffisant...

« Si cela durait plus longtemps, vous la prendriez en grippe... Vous pouvez vous retirer...

Pierre entendit Hoffer qui s'éloignait.

Un silence...

Puis le chef appela le gardien.

— Je vais partir dans un instant. Je vous recommande le prisonnier... Pas de brutalités inutiles, ça le troublerait et il ne retrouverait jamais ses idées, le pauvre garçon... Dès que je serai parti, vous irez voir ce qu'il devient et vous vous occuperez de son repas... Mais après avoir mis à la poste mon courrier, oui... toutes les lettres qui sont là... Vous les timbrerez... Maintenant laissez-moi, j'ai encore des lettres à écrire...

Le gardien du logis Weistermann, promu à la dignité de geôlier, fit entendre un grognement respectueux, regagna sa banquette dans le couloir d'entrée, cependant que le chef écrivait quelques lettres, qu'il relisait attentivement, les cachetant au fur et à mesure, les plaçant sur le tas d'enveloppes qui devait être jeté à la poste après son départ...

Pierre, de son côté, écrivait sa correspondance après avoir fait son profit de tout ce qu'il avait entendu.

Un sourire railleur au coin des lèvres, il traçait quelques lignes au crayon sur une feuille de papier arrachée à son calepin...

Ayant fini d'écrire, il resta perplexe...

— Comment faire parvenir cela ? il faudrait ou corrompre le geôlier, ou bien...

Son sourire s'accentua.

— A tout hasard j'ai pris sur moi ce qu'il faudrait pour stupéfier mes gardiens au Dépôt, afin, le cas échéant, de préparer ma fuite... Je ne me doutais pas que j'aurais à me tirer des mains de faux policiers...

Entendant marcher, il glissa vivement la feuille écrite dans sa poche, et alla s'étendre sur sa couchette.

C'était le chef qui se rendait dans son cabinet de toilette attenant à la pièce où se trouvait Pierre...

Mais le chef avait d'autres préoccupations en tête, plus importantes que le désir de revoir son prisonnier...

Rassuré, Pierre se hasarda à venir voir à quelles occupations se livrait l'homme devant lequel on l'avait conduit et qui, présentement, était le maître de sa destinée...

Glissant sans bruit jusqu'à la porte légèrement entre-bâillée, il regarda...

Il faillit, dans sa surprise, laisser échapper un cri...

Le « chef » venait de se démaquiller et Pierre avait reconnu le visage glabre de Génévrier...

— Oh ! songea-t-il abasourdi, voici qui est déconcertant. Pourquoi ce camouflage ? Quels sont les desseins de cet homme ? Ah ! ajoutons quelques lignes à ma note...

Il griffonna quelques mots sur la feuille qu'il avait cachée et alla reprendre sa place sur son lit...

Bientôt Génévrier, ayant opéré sa transformation, quitta la pièce voisine...

Prestement, Pierre gagna le cabinet de travail que Génévrier venait de quitter...

Il l'entendit parler au gardien...

Mais ce qu'il disait ne l'intéressait pas...

Avisant une enveloppe portant l'entête « Weistermann, Contentieux, rue Caulaincourt », Pierre glissa dans l'enveloppe la lettre qu'il venait d'écrire.

Il colla, prit un porte-plume, écrivit l'adresse :

Monsieur Prosper Mézan,
Hôtel Dubreuil,
16, *rue Ledion.*

puis il mit l'enveloppe parmi les autres et précipitamment il réintégra sa prison...

Il était temps.

Quelques secondes après un pas lourd se faisait entendre, suivi d'une exclamation de mauvaise humeur :

— En voilà une façon d'enfermer les prisonniers... Le verrou n'était pas seulement poussé, nous avons heureusement affaire à un idiot...

« Il aurait très bien pu sauter sur le chef et lui porter un mauvais coup...

La porte fut tirée.

Le geôlier apparut.

— Viens ici... idiot... que je te fouille... Pour savoir si tu n'as pas des armes... Il ne bouge pas... Ah ! c'est vrai qu'il ne comprend pas... Je vais quand même le fouiller... reste tranquille, ou je cogne...

Pierre, l'air stupide, sourit.

— Non, mais, en a-t-il une couche, grommela le gardien. Par exemple, il n'a pas l'air méchant...

S'approchant du prisonnier, il le fouilla consciencieusement...

— Des billets de banque... de l'argent... C'est comme qui dirait des armes... Je les confisque... Un crayon... un calepin... tu peux les garder pour faire joujou... Un canif... je le confisque... Un briquet, je le confisque... Des papiers, je les confisque... non, tu peux les garder... T'as pas autre chose à déclarer ?... Non... c'est bien... Ecoute-moi... Je vais à la poste jeter le courrier... En revenant, je t'apporterai de quoi bouffer... Un sandwich et de l'eau claire... Bon ça, hein... Et c'est bien suffisant pour un imbécile comme toi... A tout à l'heure, et ne casse rien ici, ou gare à ta peau... crétin !...

Sur ces paroles aimables, le gardien se retira, ayant bien soin, cette fois, de pousser le verrou derrière lui...

— Trop tard ! dit Pierre railleur, ma lettre est faite... On saura où je suis...

Et avec un air d'indicible satisfaction Pierre s'assura que les objets cachés par lui sous l'oreiller de sa couchette étaient toujours là...

— J'ai le moyen de me rendre libre.

« Demain j'agirai... M. Génévrier, vous avez eu tort de ne pas venir me faire vos adieux. Il y a des chances pour que vous ne revoyiez plus votre prisonnier...

Pendant ce temps, le geôlier, qui avait mis un timbre sur toutes les enveloppes de la correspondance de son maître, sans même lire les suscriptions, se hâtait d'aller les jeter dans la boîte aux lettres du bureau de poste.

C'est ainsi que la lettre de Pierre était arrivée à son adresse.

CHAPITRE IX

LA DÉBACLE

Dupon-Martin était affolé...

Le récepteur du téléphone collé à l'oreille, il écoutait les nouvelles alarmantes qu'on lui communiquait de la Bourse.

Cela avait commencé la veille d'une façon inexplicable.

Une panique soudaine avait jeté sur le marché les actions de la Société française de construction d'avions, et tout de suite la baisse, formidable, s'en était suivie.

Dupon-Martin, prévenu, avait essayé d'enrayer, de faire acheter les actions...

Il avait prévenu ses commanditaires, qui, à l'heure actuelle, se débattaient, luttaient en vain...

Les coups de téléphone qu'il recevait de minute en minute annonçaient que la dégringolade s'accentuait, c'était la débâcle...

Et, justement, quelques jours auparavant, en prévision de très importantes commandes, Dupon-Martin venait d'acheter du terrain pour construire de nouvelles usines... Il avait conclu des marchés excessifs, se démunissant un peu à la légère de la plus grosse partie de ses capitaux.

C'était bien simple, il était ruiné si ses commanditaires ne venaient pas à son secours.

Un dernier coup de téléphone l'affola...

M. Jacquin, son principal commanditaire, lui annonçait sa visite et le prévenait qu'il avait convoqué d'urgence chez lui un groupe important d'actionnaires...

Dupon-Martin, désespéré, raccrocha le téléphone.

Il ne voulait plus rien savoir, rien entendre...

Le domestique annonça M. Genévrier...

— Lui ! s'écria le malheureux Dupon-Martin, lui en ce moment !

« Soit ! qu'il entre !...

Genévrier parut, non pas l'air triomphant, comme le supposait son concurrent, mais avec une mine attristée.

Il alla droit à Dupon-Martin, lui tendit la main...

— Mon cher ami... dit-il, c'est fait... vous êtes fichu ou presque... Je ne viens pas insulter à votre malheur, mais au contraire vous offrir de vous aider à sortir de ce mauvais pas...

« Nous sommes rivaux, mais non pas ennemis...

« Je n'ai aucun intérêt à votre disparition, croyez-le...

« Votre précédent triomphe, dû à un fâcheux concours de circonstances, ne m'a nullement irrité contre vous, parce que j'ai la certitude que mes appareils auront bientôt su conquérir la place qui leur est due, c'est-à-dire la première.

« Voulez-vous vous associer avec moi ?

— Non, dit nettement Dupon-Martin...

— Bien, dit tranquillement Genévrier, j'attendais cette réponse, alors il vous faudra passer par les volontés de votre pilote Hoffer qui, s'étant procuré la forte somme, je ne sais comment... a racheté à vil prix la plupart des actions et pourra, s'il lui plaît, vous faire mettre en faillite tout de suite.

— Hoffer !

— Oui... choisissez... ou de marcher avec moi ou de vous mettre entre les griffes d'Hoffer, qui a sur le cœur votre manque de parole... et ne vous ratera pas... Vous lui avez repris la main de votre fille... Hoffer n'a rien dit, mais il a combiné son coup... Il est le maître à présent... Voyez si vous préférez lui donner Mlle Simone et l'apaiser de cette façon, ou bien vous entendre avec moi...

Dupon-Martin bégaya :

— Simone... Hoffer...

— Eh bien ! que décidez-vous ?

— Je ne sais pas... je ne sais pas...

— On vient... vos commanditaires sans doute, je vous laisse avec eux... Je retourne à mon usine, et j'attends votre coup de téléphone... Si je ne reçois rien, tant pis pour vous.

« Réfléchissez... Hoffer ou moi !

Génévrier, ayant ponctué d'un sourire menaçant ces derniers mots, se retira, laissant Dupon-Martin en proie à un trouble profond...

Il quitta rapidement le château et alla retrouver Hoffer, qui l'attendait non loin de là...

— Ça va ! lui dit-il. J'ai attaché le grelot... Présentez-vous dans deux heures et Mlle Simone, par devoir filial, acceptera de devenir votre femme...

— Croyez-vous ?

— J'en suis sûr...

— Ensuite, dit Hoffer, qu'aurai-je à faire ?

— A exécuter les ordres du chef, dit sèchement Génévrier... Il me semble qu'il a dû vous donner des instructions...

— Ah ! au sujet de Dubreuil, dit Hoffer, j'ai écrit aux policiers. Je vais m'occuper de la chose tantôt quand j'aurai vu M. Dupon-Martin...

Les deux complices continuèrent à causer, tandis que l'auto les emmenait vers l'usine de Génévrier...

Pendant ce temps, Dupon-Martin, qui avait reçu la visite de Jacquin et des gros actionnaires, se voyait porter le dernier coup par Jacquin qui déclarait, à peine entré, qu'il se refusait à racheter les actions trop dépréciées...

— Il faudrait encore quatre millions pour faire cet achat et cela sans la certitude qu'on pourrait remonter l'affaire...

« Je suis pour la liquidation pure et simple...

« Ces messieurs sont de mon avis...

— Mais je suis ruiné, gémit Dupon-Martin... Je vous en prie, messieurs, ne m'abandonnez pas ainsi, j'ai des commandes en quantité... Je ne comprends rien à ce qui se passe... C'est fou ! Je suis certain d'enrayer cette panique... C'est un moment difficile à passer, les actions vont remonter...

— La perte est trop grosse, dit sèchement Jacquin, et vous vous êtes découvert d'une façon ridicule... Vous n'avez plus rien pour faire marcher vos usines, payer vos ouvriers... Outre les millions pour le rachat, il vous faudrait beaucoup d'argent pour continuer... Et réussirez-vous ? Je ne sais pas... On n'aura plus confiance en vous, on annulera les marchés... Vous êtes fichu... vous avez perdu votre argent... et le nôtre... restons-en là...

— Vraiment, dit Dupon-Martin, ironique, votre argent est perdu... pas en totalité, j'en suis certain, car si je ne me trompe, messieurs, vous ne devez pas être étrangers à la ruine qui me frappe...

« Oui, je devine, c'est vous qui, aux premières rumeurs lancées par on ne sait qui, avez jeté vos actions sur le marché, pressés de vous en débarrasser avant qu'elles ne baissent davantage. Par votre geste pusillanime, vous avez contribué à la panique... Osez dire que ce n'est pas vrai et qu'aux premiers bruits inquiétants vous n'avez pas donné l'ordre de vendre ?...

Jacquin rougit.

— C'était notre droit d'essayer de perdre le moins possible... Malheureusement...

— Malheureusement vous avez été victimes, poursuivit le constructeur, de cet affolement que vous avez créé. Tant pis pour vous, messieurs ! Au lieu de me soutenir, vous, mes commanditaires, mes associés, vous m'avez lâchement abandonné... oubliant que, depuis des années, mon travail, mes recherches, vous enrichissaient... Et, après m'avoir lâché, vous parlez de me mettre en liquidation, faites, messieurs, je ne vous retiens pas... Nous n'avons plus rien à nous dire...

Pas un mot ne fut répondu à la cinglante apostrophe de Dupon-Martin.

Jacquin, vexé, et ses amis le saluèrent froidement et se retirèrent un peu confus des justes reproches qu'ils avaient reçus, mais aucun d'eux n'eut le courage de revenir sur sa décision et de tendre la main à un homme coupable seulement d'imprudence et victime des audacieuses manœuvres de son rival Génévrier.

Dupon-Martin, resté seul, courba lentement la tête et deux larmes jaillirent de ses yeux...

— Ma pauvre Simone, d'elle seule dépend mon salut, murmura-t-il... Faut-il lui laisser épouser Jean Dubreuil ou dois-je la pousser à épouser Hoffer, me relever avec son aide et écraser Génévrier ?...

« Cela serait la solution unique...

« Vaincre Génévrier, l'auteur de tout ce qui m'arrive, car c'est lui, je le sens, lui qui est la cause de tout...

« Il voulait m'amener à composition, faire de moi son obligé... avoir mes usines... mes nouveaux plans...

« Non... non... je dois lutter... Il faut que Simone consente... épouse Hoffer...

Il sonna.

Le domestique parut.

— Dites à Mlle Simone que j'ai à lui parler...

— Mlle Simone est dans la cour, elle a donné ordre de préparer l'auto. Je l'ai entendue qui disait à Mlle Justine qu'elle allait chez M. Dubreuil.

— Chez Dubreuil ! s'écria Dupon-Martin, il était temps...

Passant devant le domestique effaré, il descendit précipitamment l'escalier.

Simone montait en voiture, causant

gaiement avec Justine qui tenait la portière ouverte.

— Simone, appela Dupon-Martin... Laisse là ta voiture... J'ai quelques mots à te dire... Viens... Nous causerons dans le parc...

Simone, surprise, descendit, dit à Justine :

— Attends-moi là...

Et elle suivit son père dont le visage décomposé l'avait remplie d'inquiétude.

CHAPITRE X

SIMONE SE DÉVOUE

D'un pas précipité, Dupon-Martin marchait, entraînant sa fille dans une allée du parc, comme s'il redoutait les yeux indiscrets...

Lorsqu'il jugea que nul ne pouvait les voir ni les entendre, il s'arrêta et, se tournant vers Simone :

— Mon enfant, dit-il avec émotion, j'ai une fâcheuse nouvelle à t'apprendre... Oui... un grand malheur est venu fondre sur nous... Nous sommes ruinés...

Simone tressaillit.

— Ruinés, papa ! Comment cela se peut-il ? Tes usines marchent à souhait... Il y a deux jours, tu te plaignais de ne pouvoir suffire aux commandes que tu recevais !...

— C'est exact... T'expliquer ce qui m'arrive est bien difficile, ma chérie... Je vais essayer néanmoins. Tu sais que ma fortune, celle de ta mère, étaient toutes dans une société par actions. Ces actions, de cinq cents francs à leur émission, valaient maintenant près de huit cents.

« Or, à la suite de je ne sais quelles manœuvres, elles sont tombées à deux cents francs et leur chute n'est pas terminée.

— Pauvre papa ! dit Simone apitoyée... Que vas-tu faire ?

— Mes commanditaires et associés me lâchent, mes actionnaires, pris de panique, ont vendu leurs actions à vil prix... C'est une catastrophe sans précédent qui va m'obliger à fermer mes usines, à licencier mes ouvriers, à moins que...

— A moins que ? interrogea Simone.

Dupon-Martin détourna son regard, baissa les yeux...

— A moins que tu épouses le seul homme qui, ayant en mains assez d'actions de la Société Française, puisse tenir le coup... m'aider... se mettre avec moi pour lutter contre Genévrier...

— Et cet homme, c'est ?... dit Simone inquiète.

— C'est Hoffer...

Simone se mordit les lèvres...

— Je sais, continua Dupon-Martin embarrassé, que tu es engagée avec Jean Dubreuil, qu'il a ma parole, que vous avez échangé la promesse de vous unir...

— Jean Dubreuil m'a rendu ma parole ! dit Simone.

— Hein ? sursauta Dupon-Martin.

— Et j'allais aujourd'hui même, n'ayant pas eu de ses nouvelles depuis deux jours, savoir de lui s'il renonçait à ce mariage qui paraissait jadis le combler de joie...

— Dubreuil t'a rendu ta parole ! Mais alors, ce que disait Hoffer est vrai... Il est fou...

— Je ne sais s'il est fou... Mais il est bien ingrat et bien oublieux... deux jours sans lettres, après le chagrin qu'il m'a causé...

Elle ne put retenir ses larmes...

— Ma petite Simone, s'écria Dupon-Martin très ému en prenant sa fille dans ses bras, ne pense plus à cet homme... Il est indigne de ton amour... Te refuser... Toi... C'est incompréhensible ou plutôt cela se comprend trop... Ton Dubreuil a sans doute une liaison qu'il ne peut rompre...

— Oh ! père...

— Hélas ! mon enfant, cela saute aux yeux... Sa conduite ne le prouve que trop... Il a cru pouvoir se libérer lorsqu'il te faisait la cour... briser son ancienne chaîne et il n'a pas pu... Et il t'a fait cet affront... Le misérable... Si jamais je le rencontre..

— Ne parlons pas de lui, papa, mais de toi...

« N'as-tu pour sortir d'embarras que ce seul moyen, mon mariage avec M. Hoffer ?

— Oui... mais je ne veux pas t'influencer...

« Après tout... je suis jeune encore, je puis refaire ma vie, travailler, te gagner une fortune... Oh ! je sais que cela sera dur, mais j'ai du courage et si ma santé était excellente !...

— Ta santé ?

— Oui, mon cœur ne va pas... Je te le cachais pour ne pas te chagriner... Bah ! je vivrai bien encore quelques années... Le temps de te voir mariée, heureuse...

Simone, qui examinait son père, crut voir son visage se contracter.

Elle pensa :

— S'il est ruiné, il en mourra, je dois me sacrifier... Jean ne veut plus de moi... Qu'importe le bonheur !... Il sera dans le devoir... Après tout, peut-être ne serai-je pas trop malheureuse en épousant cet homme... Et puis, il y va de la vie de mon père...

— Veux-tu que nous rentrions ? demanda Dupon-Martin... à présent que je t'ai dit tout ce que j'avais sur le cœur. D'ailleurs je ne me sens pas très bien... J'ai comme des étourdissements... Donne-moi le bras, ma chérie...

— Père, dit Simone avec émotion, veux-tu dire à M. Hoffer que je consens à devenir sa femme ?...

— Toi... ma chérie... épouser Hoffer... Tu consentirais... mais non... Tu te sacrifies... Je ne veux pas, ma ruine plutôt... tu serais malheureuse !

— Non, papa, je ne serai pas malheureuse...

— Tu aimes Jean Dubreuil...

— Cela ne sert pas à grand'chose, puisqu'il ne veut plus de moi...

— C'est juste... tu ne peux l'épouser malgré lui...

— Et je ne veux pas faire une nouvelle démarche qui m'exposerait à un affront qui me serait d'autant plus sensible qu'à présent que vous êtes ruiné mon désir de mariage pourrait passer pour un calcul...

— Oh ! il n'oserait pas supposer que toi...

— Lui... Oh ! de cela je suis sûre, mais d'autres pourraient le penser, le dire... En épousant M. Hoffer, moi, Simone, je reste son égale... Mais, si j'épousais Jean, je me sentirais son inférieure, à présent... à présent que...

« Mais à quoi bon parler de tout cela ? Ce qui est décidé, c'est bien... J'épouse M. Hoffer, je serai aimable avec lui le plus que je pourrai... Oh ! je ne promets pas d'être très gaie... tant pis... Il faudra qu'il m'accepte comme cela... Mais il aura en moi une femme dévouée et fidèle... peut-être l'affection viendra-t-elle plus tard !...

— Mais oui... ma chérie, elle viendra quand tu connaîtras mieux ce brave garçon... Je conviens qu'il n'est pas élégant, pas très distingué, et ne fait pas de phrases, mais c'est un hontête homme et un travailleur...

« Et vois-tu aujourd'hui, pour assurer le bonheur d'une femme et d'une famille, mieux vaut un travailleur à l'apparence rude qu'un freluquet mis à la dernière mode et incapable de gagner la vie des siens...

« Tu verras, tu verras, un jour tu me remercieras de t'avoir fait épouser Hoffer...

On était devant le château.

Le domestique, justement, sortait à la rencontre de son maître.

— Monsieur, dit-il, c'est M. Hoffer qui vient d'arriver et qui insiste pour vous voir tout de suite...

— J'y vais... M'accompagnes-tu, Simone ?

— Non, père... tout à l'heure... plus tard... demain... laissez-moi le temps...

— Oui... oui... ma chérie.. c'est entendu, n'est-ce pas, tu consens ?...

— Oui...

Presque joyeux, Dupon-Martin rentra, pressé de voir Hoffer, d'annoncer la bonne nouvelle, de savoir si ses affaires allaient pouvoir reprendre...

Simone, tristement, fit signe à Justine.

Quittant le chauffeur avec qui elle causait, Titine accourut.

— Justine, dit Simone dolente, je suis obligée d'épouser M. Hoffer, je viens de le promettre à mon père...

Justine, d'abord interdite, rougit de colère...

— Vous voulez épouser ce particulier, vous ?

— Il le faut, Justine, écoute-moi...

— Je n'écoute rien et je vais causer de cela à Prosper...

Elle quitta Simone qui voulut la retenir...

Le chauffeur, voyant s'approcher Mlle Dupon-Martin, avait tourné sa manivelle et monté sur le siège...

Mais Justine, le bousculant, lui arrachant sa casquette, le repoussait, sautait sur le siège et, mettant la voiture en marche, s'éloignait.

Lorsque le chauffeur et Simone, ahuris, revinrent de leur surprise et pensèrent à ramener Justine au sentiment de ses devoirs de cuisinière, il était trop tard...

Justine, excellente élève de Prosper, filait à toute allure, sans s'inquiéter des cris de sa maîtresse et du chauffeur qui réclamait en vain son auto.

CHAPITRE XI

PROSPER A LE SOURIRE

Prosper Mézan, dans le garage de l'hôtel, nettoyait avec le plus grand soin l'auto de Jean Dubreuil, n'interrompant son travail que pour tirer quelques rapides bouffées de sa petite pipe en s'adressant des paroles pleines d'aménité :

— Ça gaze... ça gaze... Prosper, mon garçon, je suis content de toi... On va rigoler cinq minutes... Qui fera une sale bobine? c'est le sieur Hoffer. Qui qui épousera sa Titine? c'est Prosper...

Il chanta plus fort :

« Le chien de Prosper a la queue en l'air,

« Le chien de Nicolas... »

Mais il s'interrompit subitement en se mettant la main devant la bouche.

— La ferme... Ça n'est pas convenable de chanter quand il y a un malade dans la maison... et justement le docteur est là-haut en train de raconter des boniments à la maman de M. Jean.

« Il guérira, c'est sûr, mais il faudrait qu'il guérisse vite... Parce que le nommé Hoffer est capable d'exploiter à son bénéfice la maladie de M. Jean... Mais faut pas qu'il rigole trop, ce particulier-là... parce que je me sens bien capable, s'il me met hors de moi, de manger le morceau et d'y demander des explications mouvementées sur la façon dont M. Jean est descendu aussi vivement avec son avion... Canaille d'Hoffer, va... patiente un peu... Tu l'auras, la cour d'assises... va, tu l'auras, c'est moi qui te le dis, et qu'est-ce que je vas te passer, quand on m'appellera comme témoin...

Il secoua sa pipe éteinte et la mit dans sa poche.

— M. Pierre est tout ce qu'il y a de bath ! Je voudrais bien savoir comment qu'il a fait, étant prisonnier de la bande à Hoffer, pour me faire envoyer cette babillarde, avec l'en-tête du sieur Weistermann qui le loge, rue Caulaincourt... C'est un as, ce M. Pierre...

« Il m'a donné ce soir rendez-vous dans le quartier où qu'il loge, vu qu'il aura trouvé un moyen d'échapper à ses geôliers.

« Il me dit d'amener l'auto, puis une autre voiture, des fois qu'il serait filé, pour donner le change.

« On me suivrait, et il ficherait le camp dans l'autre.

« Une autre voiture, avec un copain sûr, c'est pas commode. Sans compter qu'il faudrait tout expliquer. Non, le plus simple, c'est de prendre un chauffeur à la station, justement il y en a une au bas de la rue.

« Seulement, ces taxis-autos, c'est des colimaçons... ça fait du quinze à l'heure, quand c'est emballé...

« C'est pas le rêve. Ah ! non, c'est pas le rêve !...

« Me faudrait une voiture dans le genre de celle qui rentre dans la cour... Mais qui que c'est ? On dirait la voiture de Mlle Simone... Mais oui... Tiens, c'est plus Joseph qu'est chauffeur, quel est donc c't'oiseau-là ? Voyons voir la bobine du nouveau chauffeur...

Prosper, sortant du garage, s'approcha curieusement.

Il resta bouche bée.

Le chauffeur était une chauffeuse, et cette chauffeuse, c'était Justine.

— Ah ! fit-il ahuri, j'en suis comme une tomate, c'est pas possible... Titine en chair et en os... avec une casquette de...

— Oui, dit Justine, abandonnant son siège et se jetant impétueusement dans les bras du chauffeur... C'est moi, votre fiancée... Ça ne va pas, Prosper... ça ne va pas...

— Qu'est-ce qui ne va pas ? demanda Prosper égayé.

— Tout. Mlle Simone va épouser M. Hoffer...

— De son plein gré ?...

— Non et oui... elle pleure, mais elle consent. Je ne sais pas ce qu'a pu lui dire M. Dupon-Martin, mais il l'a retournée comme une crêpe.

— Bigre de bigre...

— Et tout ça aussi, c'est votre faute, s'écria Justine.

— Ma faute ?...

— Oui... à vous, à M. Jean, qui refuse de l'épouser on ne sait pourquoi...et qui n'écrit plus... Qu'est-ce qu'il lui a donc passé par le ciboulot ?... Est-ce qu'il serait malade ?...

— Justement, Titine, M. Jean est très malade... Il a eu une violente commotion au cerveau... Le docteur est près de lui en ce moment, c'est pour cela qu'il n'a pas écrit...

— Pauvre M. Jean, si Mademoiselle avait su... Mais, monsieur Prosper, vous n'êtes pas malade, vous... vous pouviez écrire, vous... venir nous voir...

— Bien sûr que j'aurais pu... mais j'ai pas pu...

— A cause ?

— A cause... ô ma Titine adorée... que, étant ailleurs, je ne pouvais pas être là-bas...

« Cherchez pas à comprendre, vous attraperiez une méningite... enfoncez-vous bien ça dans la tête que votre Prosper, de près comme de loin, pense à vous et qu'il travaille à notre bonheur...

Puis, éclatant de rire :

— C'est pas pour dire, Titine, mais vous conduisez comme si vous aviez votre permis de conduire depuis dix ans...

« Mazette, quel cran... quelle allure !... On voit que vous avez eu un bon professeur...

Justine sourit.

— Mon professeur, c'est un as... c'est M. Prosper Mézan... Mais c'est pas tout ça... Comment que vous allez vous tirer de là ? qu'est-ce que je vais dire à Mademoiselle ?...

— Rien jusqu'à demain, je vous réquisitionne, Justine, mais auparavant, avant de vous « causer » de ce que j'ai à vous « causer » et qui est pour la bonne « cause »... faut que vous veniez voir M. Jean et sa maman, qui sera enchantée de voir que Mlle Simone aime toujours son fils.

« Et vous savez, M. Jean a beau être malade et comme qui dirait avoir des trous dans le cerveau, il écrira...

« Parole d'honneur, il écrira ce soir ou demain à Mlle Simone.

« Je peux pas vous en dire plus long pour l'instant...

« C'est ce soir que tout va se décider...

— Pourquoi ce soir ?

— Titine, sachez qu'une femme de cœur s'honore en ne posant pas de questions indiscrètes à son fiancé... Allons voir le malade...

Prosper, prenant Justine par le bras, la conduisit dans le salon, où, devant Jean Dubreuil étendu sur un canapé, se trouvaient sa mère et le docteur.

Ce dernier était en train d'expliquer qu'il y avait une amélioration sensible.

— Notre malade dit toujours des mots sans suite, mais on sent que sa pensée revient peu à peu... Il commence à reconnaître les gens...

« Vos baisers lui font plaisir, il sourit en vous regardant et je crois que dans quelques jours...

Prosper entrait timidement, suivi de Justine.

— Pardon, excuse, sieur et dame, c'est Mlle Justine qui vient de la part de Mlle Simone prendre des nouvelles, alors je me suis permis...

— Vous avez bien fait, Prosper, dit Mme Dubreuil. Mademoiselle, vous remercierez bien votre maîtresse et vous excuserez mon fils pour la scène de l'autre jour, mais, vous le voyez, mon pauvre enfant est malade, il a des absences...

— Pauvre M. Jean, dit Justine, qui considérait avec stupeur l'air morne et indifférent de Jean Dubreuil, j'aurais jamais cru ça...

En entendant la voix de Justine, Jean releva la tête, ses yeux brillèrent d'un éclat soudain...

Il la regarda fixement, les sourcils froncés...

Visiblement, il faisait un effort pour se rappeler...

Il passa sa main sur son front, gémit, reprit son air las et détaché...

— Ça va... ça va... dit le docteur en se levant... de mieux en mieux... ayez confiance, chère madame.

Mme Dubreuil le reconduisit, sortit du salon...

— Comment que ça se fait ? interrogea Justine, qu'il ne reconnaît plus les gens...

Prosper eut un geste vague.

— Le cerveau... c'est le cerveau... Des fois on connaît les personnes, d'autres fois on les reconnaît pas...

Film Pathé.

La raison était revenue dans le cerveau de Jean. L'aviateur et sa mère se regardèrent longuement avec une indicible émotion.

mais faut pas se frapper, ça s'arrangera...

Mme Dubreuil, ayant accompagné le docteur, revenait.

Elle interrogea Justine et apprit avec émotion que Simone, désolée, allait consentir à épouser Hoffer...

— C'est épouvantable, dit-elle, mais que dira Jean lorsqu'il saura ?...

— Madame, dit Prosper, M. Dupon-Martin et Hoffer sont des malins, mais, pour faire la « pige » à Prosper, faudra qu'ils se lèvent plus tôt que cela...

« Vous en faites pas, le mariage n'est pas encore fait.

« Sur ce, je dois prévenir madame que j'ai reçu des nouvelles...

— Ah ! de Pierre... où est-il ?

— Je ne peux pas le dire... Mais je dois le voir ce soir... Est-ce que je peux disposer de l'auto ?...

— Mais certainement...

— Et... je puis aussi disposer de mon temps ?... histoire d'aller me promener avec ma fiancée et d'y causer un peu du pays en mangeant un morceau quelque part...

— Vous êtes libre, Prosper...

— Bon... au revoir... ça va gazer, monsieur Jean.

Jean, brusquement, se leva, alla vers Prosper, lui mit les deux mains sur les épaules, l'examina d'un air grave, puis, comme épuisé par l'effort de compréhension qu'il venait de faire, il se rejeta en arrière, se laissa choir dans un fauteuil, éclata en sanglots...

Mme Dubreuil courut à lui, l'entoura de ses bras...

Instantanément, Jean cessa de pleurer, sourit à sa mère...

Prosper, très ému, emmena Justine qui pleurait aussi...

— Canaille de canaille d'Hoffer, gronda Prosper... et j'y casserais pas la gueule !... Mais, tonnerre de bonsoir, alors y aurait pus de justice sur ce bonsoir de tonnerre de pays !

CHAPITRE XII

PIERRE JUSTIFIE LA BONNE OPINION DE PROSPER

La première journée de captivité de Pierre s'était écoulée assez tristement.

Le geôlier, après avoir apporté son repas au prisonnier, avait fermé la porte sans mot dire et n'avait plus reparu que le soir pour lui apporter son dîner...

A cette seconde visite, le geôlier fut plus loquace...

Il s'installa sur le lit, regarda manger Pierre et grilla un nombre incalculable de cigarettes...

— T'en voudrais bien fumer une, dit-il, mais c'est défendu... Les idiots ne doivent pas fumer, ils ficheraient le feu à la cambuse...

« Je ne me rappelle pas si je t'ai bien fouillé...

« Des fois que t'aurais caché des cigarettes... t'en as pas, non ?... Mais réponds donc, animal... Ah ! c'est vrai que tu ne comprends pas...

« Quelle fichue idée a eue le chef de vouloir qu'on te garde ici !...

« A part ça, dis donc, t'es peut-être un type à la hauteur et on a des raisons pour te séquestrer...

« Moi, je m'en fiche, pour ce que cela me rapporterait de savoir quel type t'es...

« Allons, grouille-toi... C'est pas fini, la boustifaille ?...

« ... Si... Bon... Bois pas trop d'eau, ça monte à la tête... Au revoir, crétin.

Le geôlier parti, Pierre se frotta les mains.

— Il fume, pensa-t-il, c'est parfait ; j'avais peur qu'il n'ait pas cette habitude. Auquel cas ma combinaison tombait à l'eau et j'étais obligé de faire le coup de poing ou même peut-être d'assommer tout à fait ce charmant serviteur de M. Genévrier...

« J'espère que Prosper a reçu ma lettre...

« Pourvu que Genévrier, demain, ne me fasse pas transporter autre part...

Cette crainte était vaine...

Genévrier, qui avait préparé ce jour-là le coup de Bourse, était bien trop occupé pour s'intéresser à son prisonnier...

Il ne vint même pas rue Caulaincourt.

Personne ne vint, pas même Hoffer, qui, sachant son rival sous clef, préparait tranquillement son mariage avec Simone... et posait ses conditions à l'infortuné Dupon-Martin...

Le geôlier, qui s'ennuyait, daigna venir voir son prisonnier une partie de la journée et ne lui ménagea pas les épithètes les plus malsonnantes, à quoi Pierre répondait par le plus niais des sourires...

Cette constante douceur finit par apitoyer son gardien, qui déclara :

— Au fond, tu n'es pas un mauvais bougre... Ce soir, on dînera ensemble et je te donnerai un peu du vin de ma bouteille. Après tout, le chef m'a dit de bien te nourrir.

Ainsi qu'il l'avait dit, le soir, le gardien apporta dans un panier un repas copieux et invita son prisonnier à en prendre sa part...

Pierre manifesta une joie enfantine, frappa dans ses mains et, encouragé par les rires du geôlier, tint les propos les plus décousus, posa les questions les plus abracadabrantes... surtout lorsqu'il eut bu le verre de vin si généreusement offert...

— Il est saoul comme une grive, dit le gardien amusé... Un second verre et il aurait roulé sous sa couchette... Ce que ça a la tête peu solide, les idiots... Mais qu'est-ce qu'il fait ?

Pierre, orgueilleusement, prenait dans la poche de son veston l'étui à cigarettes qu'il avait soigneusement caché sous sa couchette et faisait mine de vouloir fumer...

Le geôlier, furieux, se précipita sur lui, lui arracha l'étui.

— Ah ! bougre de sournois... tu avais des cigarettes et tu ne le disais pas... gredin, va !... reste là et ne bouge pas, ou je cogne...

« Est-ce malin, les fous ? Qu'est-ce qui aurait cru celui-là aussi rusé ?...

« Ah ! cachottier... t'avais trouvé le moyen de cacher tout de même ces cigarettes... Je t'avais pourtant bien fouillé.

« Inutile de me regarder avec des yeux de merlan frit...

« Défense de fumer... tu mettrais le feu, idiot...

Ce disant, le geôlier de Pierre prit une cigarette, glissa l'étui dans sa poche et, mettant entre ses lèvres la cigarette volée, il l'alluma...

Pierre eut un imperceptible sourire.

CHAPITRE XIII

DU DANGER DE FUMER

Le sourire de Pierre était si expressif qu'il eût attiré l'attention du geôlier, si celui-ci l'avait remarqué.

Mais ce dernier, tout à la joie de fumer et ravi de ce qu'il considérait comme une bonne farce, ne s'aperçut nullement du changement de physionomie de celui qu'il s'obstinait à considérer comme un idiot.

— Aussi vrai que je m'appelle de mon vrai nom Isidore Cognac, je n'ai jamais fumé de cigarettes qui aient un goût pareil.

Il humait le parfum de sa cigarette d'un air entendu de connaisseur.

— Fameux ! Oh ! fameux...

Puis se tournant vers Pierre, il laissa tomber d'un air bon enfant :

— Je te permets de me regarder et de respirer le parfum de tes cigarettes qui, entre parenthèses, sentent joliment bon... C'est du tabac de luxe, des cigarettes turques. Ah ! monsieur ne se refuse rien... Monsieur est de la haute... Cristi, que ça sent bon...

Avec volupté, il aspirait la fumée, la rejetait par le nez.

Pierre, béat, le regardait d'un air satisfait.

— T'es content, mon petit gars... C'est bon, ces cigarettes. Allons, je suis bon prince... Je vais encore en fumer une devant toi, et puis au pieu !

Mais le geôlier n'avait pas plus tôt allumé la deuxième cigarette qu'il chancela soudain, comme étourdi, la laissa tomber à terre, et grommela :

— Ah çà !... Ah çà !... qu'est-ce qui me prend ?

Il fit un effort pour se lever, oscilla, s'abattit sur la couchette et s'endormit aussitôt.

Pierre ricana :

— Bonne nuit, mon garçon... Demain, tu chercheras l'idiot.

« Pour l'instant, il s'agit de me donner tes clefs et de reprendre l'étui, ou plutôt non, de remettre dans l'étui que je te laisse des cigarettes sans narcotique. Elles étaient préparées pour mon évasion du dépôt.

« Et c'est toi qui en as la primeur, ce n'est que justice.

« Là... voilà qui est fait, et demain, si tu veux examiner les cigarettes de l'étui, tu t'apercevras qu'elles sont inoffensives, et tu ne comprendras rien à ce sommeil subit, surtout en me retrouvant près de toi...

« Voyons, où sont les clefs ?

« Ah ! en voici quelques-unes, je

les prends toutes... c'est plus prudent pour rentrer...

« Fais dodo, mon mignon, et pas de mauvais rêves...

Pierre donna une légère claque sur la nuque d'Isidore Cognac, passa dans la pièce voisine, tourna le commutateur, s'empara d'un grand pardessus, d'un chapeau melon, et se dirigea vers le bureau de Génévrier, le chef.

Il va de soi que Pierre, partout où il passait, faisait la lumière, mais se gardait bien d'éteindre...

— Ça sera plus commode pour rentrer... Une petite promenade d'une heure en auto en compagnie de Prosper et je reviens.

Il se dirigea vers la porte, tira la chaîne de sûreté, ouvrit...

Deux minutes après, il était dans la rue Caulaincourt, humant avec délices l'air de la liberté...

Il regarda autour de lui.

Pas la moindre voiture...

— Sapristi, dit Pierre, je suis sorti trop tôt. Prosper n'est pas encore là ; je lui ai donné rendez-vous à neuf heures...

Il fit quelques pas, hésitant, descendit vers le boulevard et s'arrêta soudain, pétrifié...

A la terrasse d'un café bien connu des Montmartrois : « Au Vin de Vouvray », il vit, causant avec animation, l'agent Leloup et son fidèle Daurisse, Gustave.

La présence de Leloup qui stupéfia Pierre était assez naturelle en cet endroit...

Leloup habitait place Constantin-Pecqueur et avait l'habitude de venir prendre « Au Vin de Vouvray » son café fortement additionné d'eau-de-vie.

C'est là que venait le retrouver presque tous les soirs son fidèle coadjuteur, lorsqu'ils n'avaient à démêler aucune affaire.

Les deux hommes causaient avec animation...

Ils n'avaient pu voir Hoffer sur qui ils comptaient pour obtenir quelques explications sur la présence de Jean Dubreuil à l'hôtel Dubreuil, et la disparition du même Jean Dubreuil à la maison de santé.

Mais, en revanche, Leloup avait trouvé à son domicile l'énigmatique lettre suivante, dont il donnait connaissance à son ami :

« Il est de mon devoir de vous prévenir qu'un imposteur a pris mon
« nom et ma place auprès de ma
« mère avec la complicité de mon
« chauffeur, Prosper Mézan, un vilain individu que je vous recommande. Quant à moi, je reparaîtrai
« lorsque je le jugerai utile.

« L'Aviateur masqué — le vrai,

J. Dubreuil. »

— Bon sang de bonsoir, disait Leloup, comprenez-vous cela, mon vieux ?

« C'est à se casser la tête contre les murs.

« Comment ce Dubreuil connaît-il

mon adresse particulière que je n'ai donnée qu'à M. Hoffer ?

« Et comment se fait-il qu'il puisse m'écrire, puisqu'il a été enlevé par je ne sais qui ?

« Ça serait donc lui le vrai Jean Dubreuil et l'autre, le malade, serait le faux ?

— Mais, hasarda Daurisse, qui prouve que c'est bien lui qui a écrit cette lettre ?...

Cette réflexion logique exaspéra Leloup.

— Sacrebleu ! qui voulez-vous que ce soit ? Qui aurait intérêt à démasquer celui qui a pris son nom, sa place ?... Bien sûr que c'est lui...

— Mais votre adresse privée ?

— On la lui a donnée à la préfecture de police...

— Alors, cet enlèvement était une frime... ces deux prétendus agents qui l'ont emmené étaient ses complices...

— Pourquoi ?

— Puisqu'il peut aller et venir, vous écrire, se procurer votre adresse.

— C'est évident... Il est libre comme l'air...

— Alors, qu'est-ce que nous allons faire ?

Leloup caressa sa grosse moustache d'un air indécis, puis soudain furieux :

— J'en ai assez, à la fin. Si je rencontre un Dubreuil, vrai ou faux, je l'arrête... et quant à celui de l'hôtel Dubreuil, je...

Il bondit, donna un coup de poing sur la table.

Pierre, après avoir longtemps hésité, s'était décidé à traverser, en passant sur l'autre trottoir. Il venait de voir paraître l'auto de Prosper qui roulait doucement, remontant la rue.

Il avait hâte d'être dans la voiture, de fuir ces parages dangereux.

Cette précipitation le perdit.

Tout en parlant, Leloup avait machinalement regardé ce passant arrêté à quelques pas du café, et qui brusquement changeait de trottoir.

Par surcroît de malheur, sur le côté opposé, au moment où Pierre mettait le pied sur l'autre trottoir, il se trouvait sous la clarté crue d'un bec de gaz qui, l'inondant de lumière, éclairait en plein son visage...

— C'est lui !... C'est lui !... mon filou ! le faux Dubreuil !... garçon... garçon... payez-vous...

Il jeta sur la table un billet de cinq francs, se leva...

Mais le garçon ne venait pas...

Pierre avait entendu le cri, vu le mouvement...

L'auto de Prosper arrivait devant lui...

Il se jeta dedans, avertit Prosper...

Mais Prosper avait vu et compris... et, au moment où Leloup, perdant patience, n'attendait plus le garçon, et suivi de son aide se ruait, l'auto passait rapide devant lui...

— Arrêtez... arrêtez... criait Leloup, au nom de la loi ! en courant derrière la voiture...

Mais ses cris semblaient donner des ailes à l'auto dont la vitesse augmentait...

— Leloup ! Leloup ! hurla Daurisse, dit Gustave, qui n'avait pas suivi son chef de file... venez... venez vite, je viens de réquisitionner un taxi-auto...

En effet, il avait arrêté une voiture qui roulait lentement derrière l'auto de Prosper, et dont le chauffeur, un jeune homme, semblait somnoler.

Leloup poussa un cri de joie, rejoignit Daurisse.

— Mon ami, dit-il au chauffeur, service de la préfecture. Cent francs pour vous si vous rejoignez l'auto qui file là-bas.

— Compris, on va les avoir.

Les deux agents avaient pris place.

Le taxi se mit à rouler sur les traces de l'auto qu'il s'efforça de rattraper.

Mais il était évident que cette voiture-là ne valait pas l'autre et aurait du mal à lutter de vitesse.

Néanmoins, un embarras de voitures qui arrêta un instant l'auto permit au taxi de gagner du terrain.

Leloup satisfait grogna :

— On l'aura à la barrière, à l'octroi ; il faudra bien qu'il s'arrête... J'avais peur qu'il ne rentre dans Paris et prenne par des rues isolées où il nous aurait semés....

Il regarda par la portière.

L'auto avait repris de l'avance, filait à toute allure, dépassait la rue Ordener, la rue Championnet, se jetait dans l'avenue de Saint-Ouen...

Leloup ricana :

— Je t'attends à la porte de Saint-Ouen...

Mais l'espoir de Leloup fut déçu.

Par un extraordinaire hasard, il n'y avait pas de véhicules devant l'octroi.

L'auto de Prosper passa en trombe devant les gabelous furieux, dont les sommations et les menaces touchaient peu Prosper et Pierre qui fuyaient gaiement sans nul souci des préposés à l'octroi.

— Et s'ils comptent m'avoir au retour, goguenarda Prosper, ces messieurs peuvent se mettre la ceinture...

Leloup, hors de lui, la tête à la portière, ordonna :

— Chauffeur, faites comme eux, ne vous arrêtez pas...

Malheureusement les gabelous, en voyant arriver la nouvelle voiture à une allure anormale, redoutant le même coup, se précipitèrent ; un battant de la grille fut poussé... Un gabelou sortit son revolver...

Force fut au chauffeur de ralentir, de s'arrêter.

— Je suis de la Sûreté ! hurla Leloup... laissez-moi donc passer, tonnerre ! je poursuis l'auto qui vous a brûlé la politesse...

— De quoi ! de quoi ! fit le chef... montrez-moi votre carte...

On le laissa passer...

Mais on avait perdu du temps et du terrain, l'auto n'était plus qu'un point noir au loin...

— Deux cents francs, chauffeur ! hurla Leloup, si tu les rejoins... vite... vite...

Le jeune chauffeur, amusé de cette poursuite, repartit, accéléra la vitesse et bientôt les deux policiers eurent la satisfaction de voir diminuer la distance qui séparait les deux voitures qui allaient à un train d'enfer.

Cette course folle se poursuivit pendant près d'une demi-heure...

Leloup, haletant, dit soudain :

— On gagne, mon vieux, on gagne.

— Comment ça se fait ? Ils ont une bonne voiture cependant.

— Hé ! il y a des taxis qui valent des autos de luxe... tout ça dépend d'un tas de choses... du chauffeur... de la... tenez, regardez... je parie que nous sommes pas à plus de cinq cents mètres...

— C'est ma foi vrai !

— Chauffeur... chauffeur... trois cents francs, cria Leloup excité par la poursuite... crève ta machine... mais rattrape-les.

Le chauffeur ne pouvait pas aller plus vite.

Il donnait le maximum de vitesse que pouvait fournir sa voiture.

Par contre, ceux qu'il poursuivait semblaient avoir toutes les peines du monde à maintenir leur allure.

Il était évident que bientôt, dans un quart d'heure peut-être, le taxi serait à la hauteur de l'auto et pourrait même dépasser ceux qu'il poursuivait, pour peu que cela lui fît plaisir.

De ceci, Leloup se rendait compte.

Son visage rayonnait.

Sa joie eût été moins vive s'il eût pu entendre Prosper qui disait à Pierre qui, inquiet, avait baissé la vitre de devant et l'interrogeait sur l'avance inquiétante de leurs ennemis :

— Vous en faites pas, monsieur Pierre ! je fais comme le chat avec la souris, je m'amuse... Seulement, au contraire du chat qui a la souris devant lui, moi, je suis poursuivi par la souris.

« Vous pensez bien que ce n'est pas cette méchante voiture qui aura raison de ma belle machine.

« Si je voulais, il y a longtemps que nous aurions semé ces gaillards-là.

« Vous épatez pas... renfoncez-vous dans la voiture... des fois que l'astucieux Leloup s'amuse à nous tirer deux coups de browning...

« C'est si maladroit, ces gens-là, qu'ils seraient capables de nous toucher.

« Vous bilez pas... on approche du petit bois... c'est l'instant, c'est le moment... faisons celui qui a mal à la patte...

« Le gibier attire le chasseur.

« Vous allez voir comme c'est rigolo. »

Prosper ralentit, tourna la tête en arrière et, comme affolé, fit marcher sa trompe, déchirant l'air d'appels stridents.

— Hardi ! Hardi ! vociféra Leloup, la moitié du corps hors de la portière.

« On les tient... on les a.

« Au nom de la loi, arrêtez, ou je fais feu.

« M'entendez - vous, misérables ?... Arrêtez, ou je tire. »

On n'était plus qu'à cent mètres de l'auto.

— Arrêtez ! ordonna le policier le bras tendu.

La trompe de Prosper s'arrêta, fit

entendre trois appels de détresse, mais l'auto ne s'arrêta pas, repartit soudain très vite.

Exaspéré, Leloup tira trois fois.

Un choc terrible...

Le taxi fit une embardée, ronfla, gémit comme une bête blessée et s'arrêta doucement tandis que l'auto continuait sa route.

Leloup tomba sur Daurisse qui hurla :

— Vous m'avez fait une bosse au front.

Le chauffeur avait sauté de son siège.

D'une voix irritée, il apostropha les policiers :

— C'est-il que vous êtes mabouls, vous autres ! vous démolissez ma voiture à coups de revolver à présent...

Sans attendre la réponse, il se précipitait, relevait le capot.

— Ça y est, le radiateur a une fuite... je parie qu'il a reçu une balle...

— Ils nous échappent ! gémit Leloup... Malédiction...

« Ne pouvez-vous réparer votre voiture, remettre en marche ?

— Bien sûr ! riposta le chauffeur... c'est ce que je vais essayer.

— Combien de temps vous faut-il ?

— Est-ce que je sais, moi... une heure ou deux... peut-être plus... sans compter que toute l'essence fiche le camp... Va falloir que je m'en procure... mais où ça ?... Je ne sais seulement pas où nous sommes.

— Malédiction !... Malédiction !... répéta Leloup... Deux heures !... et on ne les voit déjà plus... ils contournent le bois.

Il jeta autour de lui des regards égarés.

Il vit très loin, à droite, des lueurs également espacées.

— Qu'est-ce que c'est que ça ? demanda-t-il. N'est-ce pas une ligne de chemin de fer ?...

— Possible ! dit le chauffeur... doit y avoir une petite station par là-bas... un arrêt... Puisque vous êtes de la Sûreté, pourquoi que vous faites pas arrêter le premier train qui va dans la direction des autres... vous les rattraperiez peut-être...

— C'est impossible, dit Daurisse... on n'arrête pas un train comme ça...

— Mais si, mais si... dit Leloup qui écumait de rage. Il a raison... venez avec moi... on va essayer pendant que le chauffeur va réparer la voiture.

Et, entraînant son collègue, il prit à travers champs, poursuivi par la voix railleuse du chauffeur qui criait :

— Si vous ratez le train, et que vous reveniez, apportez-moi quelques bidons d'essence... sans ça... je pourrai pas marcher...

Leloup entendit, et, sans se retourner, cria :

— Oui... oui... c'est entendu... attendez-nous...

Et les deux policiers, piétinant dans la boue, tombant dans les ornières, s'accrochant aux ronces, haletants, continuèrent leur course ahurissante vers ces lueurs qui leur avaient paru assez rapprochées, mais qui étaient à un kilomètre de là...

Le chauffeur les regarda s'empêtrer, se hâter et disparaître enfin derrière les arbustes...

Alors, tout joyeux, sans plus s'occuper de sa voiture, il se mit à courir sur la route dans la direction du petit bois en murmurant :

— Ce que ça a été bien fait tout de même, le coup du radiateur crevé...

« Ils ont cru que c'étaient eux... Ah ! les imbéciles ! »

Le fantaisiste chauffeur n'eut pas longtemps à courir...

L'auto qu'il poursuivait venait au-devant de lui, quittant le coude de la route qui, près du bois, masquait la voiture aux regards des policiers...

— Allô ! Allô ! cria Prosper, c'est vous, Justine ?

— Oui... oui... dit Justine qui, habillée en homme, avait si bien joué le rôle du chauffeur.

L'auto stoppa.

Justine bondit sur le siège, embrassa Prosper qui lui rendit ses baisers avec usure...

— Tous mes compliments, mademoiselle Justine ! dit Pierre.

— C'est donc vous, monsieur Jean ! dit Justine, se retournant pour serrer la main que lui tendait Pierre.

« Mais comment ça se fait que, vous qui étiez si malade tantôt, on vous ait retrouvé rue Caulaincourt, poursuivi par ces types ?... »

Pierre se mit à rire...

— Prosper vous expliquera ça un de ces jours... mais vous avez raison, mademoiselle Justine... je suis malade... très malade, et à l'hôtel Dubreuil... N'oubliez pas que c'est ce qu'il faut dire à Mlle Simone que vous allez revoir tout à l'heure... car nous rentrons à Paris... n'est-ce pas, Prosper ?

— Savoir ! dit Prosper... faut d'abord que j'interroge la belle chauffeuse, à seule fin de savoir où que sont passés les gens de la Sûreté...

Justine se mit à rire.

— Oh ! nous pouvons passer... ces messieurs courent vers la voie du chemin de fer et ne sont pas encore de retour... S'ils retrouvent l'auto avant une heure, je veux bien être pendue...

« C'est-il que vous allez les attendre pour les faire courir ?... »

Prosper haussa les épaules...

— Non, mais des fois ! faire courir ces malheureux après notre voiture, Titine ! Vous voulez donc les faire crever ! Non... non...

« On va retourner tranquillement chez nous, s'pas, m'sieu Pierre... monsieur Jean, je veux dire...

— Oui, dit Pierre, mais puisque nous allons passer devant la voiture de Mlle Justine, je voudrais bien déposer sur la banquette un petit mot à leur adresse...

« J'ai justement trouvé dans ma poche de pardessus du papier à lettre et des enveloppes d'un certain Weistermann — Contentieux...

Prosper se tordit.

— Oh ! ça ! c'est bidonnant... ils ne vont plus rien y comprendre.

Pierre dit, souriant :

— J'ai aussi trouvé un stylo... Bonne maison... je reviendrai...

Prosper, en proie à une hilarité folle, pleurait à force de rire, à la grande stupeur de Justine qui ne comprenait rien à cette gaîté que Pierre partageait...

— Ils sont fous ! murmura-t-elle.

Pierre, cependant, écrivait... montrait sa lettre à Prosper qui riait de plus belle, et qui, entre deux éclats de rire, disait :

— Ajoutez que le taxi appartient au garage May, 17, rue Jouffroy... ça achèvera de les rendre « marteau ». Ils sont capables d'aller faire une enquête par là...

— Excellente idée, dit Pierre, ajoutons quelques mots.

Puis il plia et cacheta.

— En route, et arrêt à l'auto-taxi si habilement conduit par Mlle Justine.

Prosper mit en marche.

— C'est moi qui ai pensé à louer ce vieux rossignol qui a tenu le coup si bien... faut dire que je l'avais vérifié et préparé, des fois qu'on aurait besoin d'une panne à un moment donné...

« Je pouvais pas faire ça avec l'auto de Mlle Simone que Justine avait empruntée... Je l'ai laissée chez nous... Elle me servira demain pour reconduire Justine... Ah ! voilà la voiture des agents...

Pierre descendit, plaça sa lettre bien ostensiblement sur le siège, mit un caillou sur l'enveloppe et dit à Prosper :

— Justine va conduire, monte avec moi à l'intérieur... j'ai à te parler... Par la faute de ces deux hommes, nous avons perdu un temps précieux... et tu sais que je ne puis disposer que de quelques heures...

— Compris... Justine, soyez à la hauteur... vous conduisez des honnêtes gens cette fois-ci... évitez les pannes...

— Soyez tranquille, bourgeois, répondit Justine avec bienveillance, on sait à qui on a affaire.

Pierre et Prosper ayant pris place, Justine partit dans la direction de Paris, justifiant les éloges de son professeur.

Pendant ce temps, Leloup et Daurisse arrivaient à la voie ferrée et constataient avec stupeur qu'il n'y avait pas la moindre gare dans les environs.

Personne d'ailleurs pour les renseigner...

Daurisse eut un geste désolé.

— Avoir fait tant de chemin pour rien ! fit-il, lamentable...

— Et le refaire pour retrouver une voiture qui ne pourra pas marcher faute d'essence ! répliqua Leloup lugubre...

« N'importe, il le faut...

« Nous nous installerons dans la voiture et nous attendrons le jour...

« Il passera bien quelqu'un qui nous viendra en aide...

Harassés, fourbus, crottés jusqu'à l'échine, ils revinrent sur leurs pas, non sans s'égarer à maintes reprises. Il leur fallut plus de deux heures pour rejoindre le fameux taxi.

— Tiens, dit Daurisse d'une voix brisée, le chauffeur n'est plus là...

— Et il n'est pas à l'intérieur, constata Leloup...

« Où peut-il être, cet animal ?... Mais qu'est-ce que c'est que ça... Une pierre avec une enveloppe par-dessous... Et la lettre est pour moi !...

— C'est du chauffeur !

— Imbécile ! il sait donc mon nom ?

— Parbleu ! je l'ai dit assez souvent.

— C'est vrai... Voyons...

Il décacheta la lettre, s'approcha de la lanterne et lut très haut :

« Je vous donne rendez-vous au « château de Dupon-Martin le soir « des fiançailles de sa fille avec le pi- « lote aviateur Hoffer. Ce soir-là, je « vous livrerai deux malfaiteurs dan- « gereux au lieu du malheureux qui « n'a commis d'autre crime que celui « de me ressembler, et qui est inno- « cent de toute faute.

« D'ici là un bon conseil : restez « tranquille.

« L'Aviateur Masqué. »

« *P.-S.* L'auto qui vous portait et « que conduisait un de mes chauf- « feurs a été prise au garage May, « 17, rue Jouffroy. La faire recon- « duire contre récompense. »

C'en était trop.

Sous ce coup inattendu, Leloup sentit sa raison chanceler, le sang afflua à son cerveau, ses yeux se portèrent sur Daurisse qui bégayait, affolé :

— J'ai le trac ! moi, à la fin ! j'ai le trac avec tous ces Dubreuil ! Allons-nous-en...

Mais ce départ rapide qu'il souhaitait lui fut interdit.

Leloup, assommé, venait de rouler par terre évanoui...

Gustave, navré, souleva son camarade, le hissa dans la voiture, et prit place à ses côtés, se demandant avec anxiété si son fidèle ami n'était pas mort et ce qui allait encore leur arriver...

Il fut rassuré sur le premier point.

Au bout de quelques minutes, Leloup signala son retour à la vie par cette brusque exclamation reproduisant son dépit, sa colère et son désespoir :

— Quel cochon que ce Dubreuil !

CHAPITRE XIV

JUSTINE DONNE SES HUIT JOURS A SIMONE

Simone, n'écoutant que son cœur, avait la veille, dans un élan d'affection filiale, accepté spontanément de devenir la femme d'Hoffer, puisque c'était le seul moyen de sauver son père de la ruine.

Mais la nuit porte conseil et modifie les idées.

Simone, qui avait fort peu dormi cette nuit-là, avait beaucoup réfléchi. Sa conviction restait inébranlable que Jean Dubreuil l'aimait et que, s'il lui avait rendu sa parole, c'est que des circonstances mystérieuses l'avaient momentanément obligé à tenir ce langage.

Elle était sûre du cœur de son fiancé.

Il l'aimait et un jour prochain viendrait où il expliquerait son étrange conduite, la supplierait de devenir sa femme...

Donc, Jean l'aimait toujours et elle l'adorait.

Dans ces conditions, pouvait-elle épouser Hoffer ?

A ceci elle avait répondu tout de suite : Non...

A la pensée de la ruine de son père, elle avait victorieusement opposé la fortune de son fiancé, qui, elle n'en doutait pas, ne la soupçonnerait jamais de ce calcul et serait trop heureux de partager sa fortune avec le père de celle qu'il adorait.

Comment avait-elle pu un seul instant croire que Jean n'aurait pas le beau geste, et ne viendrait pas au secours de Dupon-Martin ?

Oui, c'était décidé, elle reprendrait sa parole...

Hoffer ferait ce qu'il voudrait...

Sans doute, cela serait un coup terrible pour son père.

Et son cœur se serrait en songeant que Dupon-Martin, sous ce coup imprévu, pouvait tomber malade.

Mais, le doux égoïsme des amoureux aidant, Simone s'empressa de bannir cette pensée fâcheuse, la réfuta par cet argument irrésistible que la vue de leur bonheur, à Jean et à elle, consolerait son père et l'aiderait à supporter vaillamment cette épreuve...

Oui... oui... elle enverrait promener Hoffer...

Elle épouserait Jean et tout le monde serait heureux.

Dès qu'elle fut levée, Simone pensa à Justine...

Elle ne l'avait plus revue depuis son extraordinaire départ en auto... et, préoccupée par les nombreux soucis de sa situation, elle ne s'était pas inquiétée de cette absence prolongée...

— Justine, se dit Simone, aura dû rentrer fort tard dans la soirée et, me croyant endormie, n'aura pas osé venir dans ma chambre...

« Il faut que je la voie tout de suite... qu'elle me dise pourquoi elle est restée si longtemps à Paris... si elle a vu Jean... ce qu'il lui a dit...

Elle sonna sa femme de chambre :

— Dites à Justine de venir me parler.

— Justine n'est pas au château, mademoiselle.

— Comment, s'étonna Simone, Justine n'est pas là... vous en êtes certaine ?

— Oui, mademoiselle, et Joseph, le chauffeur, qui est furieux parce que Justine lui a pris l'auto de Mademoiselle, veut aller se plaindre à M. Dupon-Martin.

Simone, inquiète, ordonna :

— Tirez les rideaux, Marie... habillez-moi... Qu'a-t-il pu arriver à Justine ?

« Serait-elle victime d'un accident ?... vite, dépêchez-vous...

En moins de vingt minutes, Simone fut habillée.

Elle n'avait jamais mis si peu de temps à sa toilette. Comme elle allait quitter sa chambre, elle entendit le ronflement d'un moteur, courut à la fenêtre et vit avec joie son auto qui arrivait devant le château.

De l'intérieur, Justine descendit, s'approcha du chauffeur qui quitta son siège, l'embrassa... et s'éloigna à grandes enjambées...

— Mais, s'écria Simone, c'est Prosper qui conduisait ma voiture...

« Pourquoi se sauve-t-il ainsi ?

« Marie, allez prévenir Justine qu'elle vienne me parler tout de suite.

Justine, qui était entrée dans le château, se rendait justement auprès de Simone...

— Ah ! fit la jeune fille, te voilà enfin... vas-tu m'expliquer ?...

A ce moment, le valet de chambre de Dupon-Martin se présenta :

— Monsieur prie Mademoiselle de vouloir bien descendre au salon, où Monsieur l'attend avec M. Hoffer...

— Bien, bien... dit Simone énervée, dans un instant, dites que j'achève de m'habiller...

Le domestique salua et disparut...

Simone et Justine étaient seules...

— Jean ? as-tu vu Jean ? Que dit-il ? Que fait-il ? Sait-il que je dois épouser Hoffer ?

— Oui, dit Justine, il le sait.

« Mais j'espère, mademoiselle Simone, que vous n'allez pas continuer cette plaisanterie et que vous allez envoyer ce gredin à la balançoire ?

— Tout de suite... je vais lui donner son congé, tu vas voir... Mais parle-moi de Jean...

— Ah ! dit Justine, il m'a remis cette lettre pour vous.

Simone arracha la lettre des mains de Justine, l'ouvrit précipitamment.

Elle lut :

« Acceptez d'épouser Hoffer... ayez
« confiance... *les ailes d'amour* vous
« sauveront à temps.

« JEAN. »

P.-S — Pas un mot à personne de
« ce que je vous écris là.

Simone, pensive, relut ces quelques mots.

— Eh bien ! dit Justine triomphante, j'espère que la lettre de M. Jean vous a donné du courage et que vous allez dire à M. Hoffer qu'on l'a assez vu...

— Tu te trompes, Justine, dit gravement Simone, je vais dire à M. Hoffer que je l'épouse...

Justine, ahurie, regarda sa maîtresse.

Un instant elle crut qu'elle devenait folle, qu'elle avait mal compris.

— Qu'est-ce que vous dites, mademoiselle ? Vous voulez épouser cet homme, vous, après ce que M. Jean vous écrit.

— C'est justement parce que Jean m'écrit ceci que j'épouse Hoffer, ou que du moins je consens à l'épouser.

Justine devint écarlate.

— Ah ! c'est comme ça ! cria-t-elle furieuse, vous épousez...

« Eh bien ! puisque c'est ainsi, mademoiselle, je quitte votre service... je vous donne mes huit jours, mais je pars tout de suite...

Et, hors d'elle, Justine partit fermant la porte avec fracas...

— Pauvre Justine, murmura Simone souriante, elle est furieuse parce qu'elle ne comprend pas...

« Moi non plus, je ne comprends pas, mais j'obéis tout de même...

« L'amour est fait de confiance absolue en la personne qu'on aime...

« J'aime et j'ai confiance...

Tranquille, souriante, Simone quitta sa chambre, alla rejoindre M. Hoffer et Dupon-Martin.

. . . .

En ce même instant, où, pour complaire à celui qu'elle aimait, Simone allait lier sa vie à celui qu'elle n'aimait pas, il se passait rue Caulaincourt une chose bizarre.

Le geôlier de Pierre s'éveillait.

Promenant ses regards autour de lui, il constatait qu'il était assis dans le fauteuil de son chef, et qu'il avait passé la nuit dans son cabinet de travail.

Stupéfait, ayant du mal à rassembler ses esprits, le geôlier grommela :

— Qu'est-ce que ça veut dire? Qu'est-ce que je fais là?

Puis soudain angoissé :

— Ah ! je me rappelle... j'ai dîné avec l'idiot... j'ai fumé... je me suis endormi... Ah ! le gredin ! Il aura profité de mon sommeil, aura volé mes clefs, se sera enfui...

Fou de terreur et de colère, le geôlier courut à la chambre-prison de Pierre.

Il poussa la porte.

Pierre, encore couché, ouvrit les yeux, regarda stupidement son gardien ahuri.

— Hi ! Hi ! ricana-t-il... bon ça, dormir !... Bonjour...

CHAPITRE XV

LE GEOLIER AMOUREUX

Le soleil brillait dans un ciel limpide et les rues de Paris étaient pleines de promeneurs enchantés de voir ce soleil si rare.

Si les rues fourmillaient de monde, les places publiques n'étaient pas moins encombrées, et sur les bancs se groupaient des oisifs qui lisaient leur journal, des mamans qui surveillaient les ébats de leurs enfants.

Sur la place Constantin-Pecqueur, à la vue de tous ces gens, un seul promeneur fit la grimace, comme s'il eût espéré que la place serait déserte à cette heure, et que nul ne viendrait troubler sa promenade.

Il erra un moment, de côté et d'autre, puis, avisant une grosse poutre, en un coin isolé, il alla s'asseoir sur ce banc improvisé après avoir regardé l'heure à sa montre.

Cet homme n'était autre que le geôlier de Pierre Quinchard.

Par quel hasard se trouvait-il là ?

Comment, oublieux de sa consigne, avait-il pu abandonner la surveillance de son prisonnier ?

C'est que le geôlier, amoureux fou depuis trois jours, venait au rendez-vous de sa belle.

Ceci demande une explication.

Le lendemain du jour où le geôlier avait été victime des cigarettes soporifiques de Pierre, on était venu sonner à la porte de l'appartement de Weistermann.

Plus maussade que jamais, le geôlier était allé entr'ouvrir la porte.

Une jeune et jolie femme avait demandé en souriant si c'était bien là qu'habitait M. Musard.

Sur la réponse négative du geôlier, elle s'était excusée en disant :

— Oh ! pardon, monsieur, je me suis trompée d'étage... Je suis désolée de vous avoir dérangé...

— Il n'y a pas de quoi ! avait grogné le geôlier.

Rougissante, la jeune femme s'était enfuie après avoir adressé au cerbère une œillade incendiaire.

Le geôlier avait souri de plaisir et refermé sa porte en murmurant :

— Cristi, la belle fille ! Je lui dirais bien deux mots... sans compter que j'ai produit sur elle une impression, à ce qu'il me semble ! Eh ! eh !... voilà ce que c'est que d'être beau garçon.

Isidore Cognac exagérait.

Il avait peut-être produit une impression sur cette jolie femme, mais il était loin d'être le beau garçon qu'il croyait. Il était même assez laid et d'aspect antipathique.

Mais il faut croire que la jeune femme ne partageait pas cette opinion, car lorsque, deux heures plus tard, le geôlier sortit pour aller faire ses provisions, et que par un curieux hasard il la rencontra dans la rue Caulaincourt, elle lui sourit aimablement comme à une vieille connaissance.

Le geôlier répondit à ce sourire par une grimace qu'il croyait séduisante, et la conversation s'engagea par un échange de compliments.

Elle se termina par un rendez-vous que le geôlier donna à la belle pour ce même soir place Constantin-Pecqueur.

Il rentra extasié, et fut plein d'amabilités pour son prisonnier à qui il crut devoir conter ses projets amoureux.

— Tu ne comprends pas, dit-il en matière de conclusion, parce que tu es idiot, mais cela me fait plaisir de te parler de cette jolie fille dont j'ignore le nom, mais que j'adore. Ah ! mon cher ! quels yeux... quelle bouche... quel nez... quels cheveux ! Si tu la voyais, tu achèverais de perdre le peu de raison qui te reste...

« Tiens, je suis trop content... bois un verre de pinard, mon vieux... et trinquons à la santé de la future Mme Cognac, car je m'appelle Cognac Isidore... et cette divine créature sera à moi... Isidore... Encore un coup !

Et le soir, Isidore Cognac avait le

plaisir de voir celle qu'il aimait fidèle au rendez-vous.

D'abord embarrassés tous les deux, les amoureux finirent par s'enhardir et échangèrent des confidences.

La jeune personne déclara s'appeler Justine et être femme de chambre au service d'une personne très sévère qui n'hésiterait pas à la congédier si elle apprenait qu'elle avait un amoureux.

Isidore s'indigna hautement de la tyrannie de cette patronne.

— Alors, à quoi que ça sert que nous ayons pris la Bastille ? dit-il avec véhémence. Sommes-nous libres, oui ou non, depuis 89 ?

— Je ne sais pas si vous êtes libre, monsieur... Chose... Excusez-moi, mais j'ai oublié votre nom...

Cognac se mit à rire.

— Vous n'avez pas pu l'oublier, charmante Justine, parce que c'est moi qui ai oublié de vous le dire... Je me nomme Isidore Cognac.

— Isidore ! fit Justine admirative, c'est presque aussi joli que Prosper...

— Peuh ! fit Cognac dédaigneux... tout le monde s'appelle Prosper... Si on s'embrassait ?...

Justine s'offusqua.

— Y pensez-vous, monsieur Isidore ? Nous nous connaissons à peine.

— Eh bien ! on fera connaissance.

— Je suis une honnête fille.

— Et moi aussi ! Je veux dire... je suis un honnête garçon... Tenez, nous allons nous asseoir là, sur ce banc...

— Oh ! impossible... il faut que je rentre... je suis en retard... Que dirait ma patronne ?

— Envoyez-la au bain...

— Et que deviendrai-je sans place... sans position... sans ami ?...

— Oh ! sans ami... eh bien, et moi ?

— Vous ? dit Justine coquette, je ne sais pas...

— Oh ! mademoiselle Justine.

— Chut ! soyez sage... Nous causerons demain, à la même heure.

Avant qu'Isidore ait pu revenir de sa surprise de se voir aussi presiement abandonné, Justine rieuse avait fui, lui décochant son plus gracieux sourire et son plus tendre regard.

Isidore regagna la prison de Pierre éperdu d'amour.

Quelles étaient donc les intentions de Justine ?

Pourquoi se donnait-elle la peine de séduire cette brute de Cognac ?

Nous aurons l'explication de sa conduite en assistant au second rendez-vous donné par elle à Isidore.

Le geôlier, en retard de quelques minutes, avait couru, et prenait place sur un banc auprès de Justine qui avait adopté son attitude froissée.

Suant, soufflant, Isidore retira son chapeau, s'essuya le front, s'excusa.

Justine se radoucit, prit le chapeau des mains d'Isidore, et le plaça à côté d'elle.

— Ne remettez pas tout de suite votre chapeau, dit-elle aimablement, vous auriez trop chaud.

Ravi de cette attention, le geôlier débita une série de compliments amoureux qui se termina par un geste audacieux.

Film Pathé.

Ce ne fut pas sans surprise qu'Hoffer reconnut les deux détectives.

Film Pathé

— *Il va venir, Mademoiselle, rassurait Pierre, Jean Dubreuil n'a qu'une parole.*

Les deux espions prirent aussitôt la fuite à travers le parc.

Film Pathé.

Ils allaient monter en auto, quand deux revolvers furent braqués sur eux.

Film Pathé.

L'ingénieur contemplait en souriant le bonheur de sa fille et de Jean.

Il entoura de son bras droit la taille flexible de Justine, et voulut lui prendre un baiser.

Justine se défendit en riant, de sa main gauche repoussa l'amoureux trop entreprenant, tandis que de sa main droite, prenant un petit billet glissé dans sa ceinture, elle le plaçait adroitement dans le ruban noir qui entourait le chapeau d'Isidore, transformant ainsi ledit chapeau en boîte aux lettres ambulante.

S'étant assurée d'un coup d'œil que le billet était bien placé, et qu'on n'en voyait pas le moindre bout, Justine se leva brusquement.

— Monsieur Isidore, j'ai des principes : rien avant le mariage...

— Quoi ? cruelle... pas même un baiser ?

— Pas un. Et puis, vous avez été en retard... cela mérite une punition... Demain, si vous êtes exact, nous verrons... Au revoir...

Elle tendit sa petite main à Isidore d'une façon si gentille qu'il aurait fallu avoir un cœur de marbre pour garder rancune de cet excès de vertu à une aussi charmante personne.

L'amoureux Cognac serra en soupirant la main qu'on lui offrait.

— Alors, vous consentiriez à m'épouser ?

— Demain nous parlerons de ça... Ne me suivez pas, je vous le défends... Tenez, le voilà, votre baiser...

Elle porta ses doigts à sa bouche, fit le simulacre d'envoyer un baiser, et disparut.

Isidore émerveillé la suivit du regard, remit son chapeau, et se hâta d'aller rendre compte à son prisonnier de son entrevue avec Justine.

Il trouva Pierre se promenant de long en large dans sa chambrette, l'air agité.

— Quoi donc ? fit Isidore... on s'ennuie, on manque d'espace pour dégourdir ses guibolles ? T'en fais pas, va, tu n'es pas pour moisir ici... Tu fileras bientôt... et c'est dommage... Je commençais à m'attacher à toi... On causait tous les deux... Ah ! dis donc, hein ? pas un mot à personne que je quitte l'appartement ? Tu comprends... Quel rire idiot !... Je suis bête, tu peux rien dire... tu n'as pas compris ?

« Ah ! dis donc ! je viens de la voir... Elle s'appelle Justine... C'est un ange... Il faut que je te raconte...

Posant son chapeau sur la couchette, Isidore prit une chaise, se mit à califourchon et commença :

— Figure-toi que je suis arrivé en retard...

Un violent coup de sonnette retentit.

— Tonnerre ! fit Isidore, ça doit être le chef.

Il s'élança hors de la chambre, poussa le verrou, courut ouvrir.

Immédiatement, Pierre bondissait vers le chapeau, fouillait sous le ruban, et en retirait le petit billet glissé par Justine.

Vivement, il lut :

« Toujours sans mémoire, mais un « mieux sensible. Des lueurs de rai-

« son... Mariage fixé dans quinze
« jours. Serez averti par trois appels
« stridents de trompe d'auto le soir
« de la fuite. Soyez prêt. Courage.
« Amitié. — Prosper. »

Pierre, souriant, fit une boulette de la lettre, la mâcha, et l'avala.

Il entendit qu'on tirait le verrou.

— Il était temps ! murmura-t-il.

Hoffer était devant lui.

CHAPITRE XVI

A PROPOS D'UN MARIAGE

D'un geste autoritaire, Hoffer avait congédié Isidore.

Il désirait rester seul avec le prisonnier...

Il le considéra longuement, les sourcils froncés, les yeux haineux, puis se décidant :

— Alors, mon cher Dubreuil, nous sommes toujours fou... Nous continuons à ne rien comprendre à ce qui se passe... C'est bien dommage !... Cela me gâte tout le plaisir que j'ai à vous annoncer que, dans quinze jours, votre chère fiancée, la jolie Simone, sera Mme Hoffer...

Pierre éclata de rire, et, les yeux égarés :

— Jamais !... jamais !... cria-t-il.

Surpris, Hoffer s'approcha de lui, le prit par le collet, plongea son regard méchant dans les yeux sans expression de Pierre, qui continua :

— Jamais malade... jamais mourir... Ici, pas de bons médecins pour comprendre...

Rassuré, le pilote lâcha celui qu'il croyait son rival, le repoussa brusquement.

— Plus idiot que jamais... c'est embêtant qu'il ne puisse pas savoir...

« Ma vengeance est incomplète...

« Qui sait si, en lui faisant le récit détaillé de ce qui se passe, il n'arrivera pas à saisir quelques bribes de ce que je lui raconterai ?...

« Essayons toujours...

Il s'assit.

— Ecoute-moi, Jean Dubreuil... Tu aimes bien Simone... n'est-ce pas ?...

— Simone ?...

— Simone... Simone... la fille de M. Dupon-Martin...

— Simone ?... bégaya, l'air heureux, Pierre... Simone ! qui est-ce ?

— Celle que tu aimais, celle que tu voulais épouser, celle que stupidement tu m'as disputée...

« Tu ne te rappelles pas, le match d'avions ?

« Tu avais voulu jouer au héros de roman... tu avais mis un masque sur ton visage... Tu étais l'Aviateur Masqué... Joli titre pour un drame...

Il ricana :

— Le drame a eu lieu... Un coup de carabine t'arrêta en plein vol... Tu dégringolas, et comment !... Enfin, tu as eu de la chance de ne pas t'écraser sur le sol et encore plus de chance que ma balle ne t'ait pas tué net...

« Et à propos, mon petit Dubreuil, comment se porte cette petite blessure? Cicatrisée?... en voie de guérison?... guérie?... Dommage...

« Croyez que je regrette de ne pas vous avoir tué net...

« Mais oui... mon vieux... cela aurait mieux valu que de rester idiot...

« Tu deviens gênant avec ta folie, nous allons être obligés de te supprimer le lendemain de mon mariage...

« Ce sera mon cadeau de noces...

« Et pendant qu'on te jettera du haut d'une falaise, moi, bien tranquille, serrant dans mes bras la jolie Simone, je la couvrirai de baisers en pensant à toi...

Comme s'il eût compris, le fou, grinçant des dents, soudain, s'était jeté sur Hoffer qu'il prenait à la gorge et giflait à toute volée.

Aux cris du pilote, Isidore, qui se tenait dans la pièce voisine, était accouru...

Il arracha Hoffer à Pierre que, d'un coup de tête dans la poitrine, il envoya rouler par terre...

— Eh bien! quoi? nous devenons méchant, à cette heure? Que je t'y repince à cogner sur les visiteurs, tu verras si je te mettrai la camisole de force avec quelques bons coups de matraque sur ta caboche d'idiot.

Pierre, à terre, gémissait :

— Toi, bon... lui, méchant... Méchant docteur... rien savoir...

Hoffer, revenu de sa surprise, rouge de colère, gronda :

— Tu as de la chance d'être idiot... Je ne sais pas ce qui me retient...

Il voulait se jeter sur Pierre, le frapper...

Isidore s'interposa, le retint...

— Pas de ça... dit-il, c'est défendu... Le chef a dit qu'on ne fasse pas de mal à l'idiot... Touchez pas ou c'est vous que je cogne...

— Mais cette brute m'a frappé...

— Est-ce qu'il sait ce qu'il fait... un idiot?... Vous n'avez pas su vous y prendre... c'est un mouton... la douceur même, je vous dis... Peut-être l'avez-vous frappé le premier... et il s'est défendu...

— Je vous jure...

— C'est bon... c'est bon... ne discutons pas... Je vous prie de laisser mon oiseau... Et toi, espèce d'andouille, relève-toi...

L'obligeant Isidore, d'un coup de pied dans les reins, contraignit son prisonnier à se relever et, d'une bourrade, le jeta sur son lit.

— Vous voyez bien qu'il ne dit rien... C'est un mouton que je vous dis.

— Je m'en vais, dit Hoffer... mais plus que jamais veillez sur votre prisonnier... Il ne voit personne, j'espère? Il ne peut rien jeter par la fenêtre... aucun écrit?...

Isidore se tordit...

— Un écrit!... qu'est-ce que vous voulez qu'un idiot écrive?... Et qui voulez-vous qui lui écrive?... Vous pouvez dormir sur vos deux oreilles... D'ailleurs, je suis presque tout le temps auprès de lui et je ne quitte jamais l'appartement que quelques minutes pour aller aux provisions... Pas vrai, idiot, que je ne sors jamais?

Pierre ricana...

— Vous voyez, dit vivement Isidore, il dit que je ne sors jamais... c'est sa façon à lui de répondre.

Hoffer jeta un dernier regard à Pierre et sortit reconduit par Isidore, cependant que Pierre, les dents serrées, murmurait :

— J'aurais dû l'étrangler ! Canaille ! Canaille !

Hoffer, qui ne se doutait guère qu'il venait de l'échapper belle, se trouva l'esprit soulagé dès qu'il fut dans la rue.

La vue de celui qu'il prenait pour Jean Dubreuil lui avait causé une sorte de malaise, de vague inquiétude.

Il n'avait pas le moindre remords de ce qu'il avait fait. Au contraire, il éprouvait pour Jean Dubreuil une haine effroyable, mais sa vue lui avait fait une impression étrange.

— Bah ! se dit Hoffer après avoir fait quelques pas, cette impression vient de ce qu'il est idiot et que je n'ai pas reconnu son regard... c'est ça qui m'a troublé... N'y pensons plus... Et allons faire ma cour à ma jolie fiancée...

L'auto de Dupon-Martin attendait non loin de là.

Hoffer y prit place et dit d'un air satisfait au chauffeur :

— Au château !

Il avait raison d'être satisfait, Hoffer, car la vie s'ouvrait belle pour lui, et il pouvait considérer qu'il avait gagné la partie.

En effet, son rival devait être bientôt supprimé, Simone prochainement sa femme et sa situation financière assurée, soit par son chef, soit par son alliance avec la fille de Dupon-Martin, qui avait vu soudain s'arrêter la débâcle de sa maison et retrouvait, avec la confiance de ses commanditaires, l'argent nécessaire à son entreprise.

Il y avait bien un tout petit point noir dans ceci...

C'était l'homme qui habitait à l'hôtel Dubreuil, qui se faisait passer pour le blessé et que Mme Dubreuil, trompée, considérait comme son fils...

Certes, il y avait un moyen de la détromper...

Il n'y avait qu'à la conduire rue Caulaincourt et la mettre en présence du prisonnier en lui disant :

— Le voilà ! votre fils... c'est celui-ci, l'idiot... l'autre, le sosie, rendez-le... il appartient à la justice...

Oui... mais Mme Dubreuil se rendrait-elle à l'évidence ?

Si elle reconnaissait son erreur, ne pouvait-on craindre qu'à force de soins elle guérît son fils et lui rendît la raison ?

Sans doute cela prendrait du temps, et Hoffer serait marié avant que Jean Dubreuil ne fût guéri de sa folie.

Mais Simone ne pouvait-elle alors se détacher de son mari, écouter Jean Dubreuil ?

Et puis !... et puis !... il y avait à redouter, si Dubreuil guérissait, cette chose grave entre toutes : l'accusation d'assassinat qu'il ne manquerait pas de porter contre son rival !

Non, décidément, on ne pouvait songer à extraire le vrai Dubreuil de sa prison, l'enlever à son gardien Isidore, pour faire coffrer l'autre, celui qui était auprès de Mme Dubreuil, le faux Dubreuil, croyait Hoffer.

Car il était toujours là, ce sosie redoutable, jouant admirablement son rôle, si admirablement que ces imbéciles de policiers n'avaient pas osé l'arrêter...

A ce propos, Hoffer s'étonnait de n'avoir pas reçu la visite de Leloup et de son collègue.

Il se demandait avec un peu d'inquiétude ce qu'ils faisaient.

Qu'eût-il dit, si la vérité lui avait été connue ?

Après la poursuite vaine dans la nuit, Leloup et son ami étaient rentrés à Paris et, fous de rage, ils s'étaient présentés à l'hôtel Dubreuil, bien décidés à en finir et à emmener en prison un Jean Dubreuil quelconque, vrai ou faux...

Mais un inspecteur de la Sûreté, prévoyant leur visite, était là qui les attendait, leur enjoignant de se rendre immédiatement auprès du chef de la Sûreté, toute affaire cessante.

Le chef accueillit ses subordonnés d'une façon assez rude.

— Rendez-moi votre mandat ! tas d'imbéciles ! Je vous avais pourtant bien recommandé d'éviter les gaffes... vous n'en avez pas raté une...

— Mais... chef, protesta Leloup.

— Taisez-vous... Mme Dubreuil s'est plainte au préfet de police, qui m'a fait appeler. Il est furieux et j'ai eu toutes les peines du monde à vous sauver.

« J'ai promis que vous resteriez tranquilles désormais.

« Vous allez ne plus bouger, ne plus vous occuper de Dubreuil... C'est compris... hein ?

Leloup rendit piteusement le fameux mandat, que le chef de la Sûreté déchira...

— Mais, sacrebleu ! Leloup... Comment vous y êtes-vous pris ?... On n'est pas maladroit à ce point... Voyons, racontez-moi ce qui s'est passé...

Leloup, avec un souci admirable de la vérité, raconta exactement toutes les phases de l'affaire Dubreuil, depuis la poursuite du sosie dans les rues jusqu'à la fameuse dernière poursuite, sans oublier ses entretiens avec Hoffer, ses conseils, les lettres de l'aviateur, etc...

Le chef de la Sûreté, en écoutant ce récit qu'il se garda d'interrompre, resta impassible...

— Leloup, dit-il enfin d'un ton plus doux, vous êtes excusable...

« Vous avez été victime de cette ressemblance...

« Mais, croyez-moi, vous faisiez fausse route à l'hôtel Dubreuil, où se trouve le vrai Jean Dubreuil, l'aviateur masqué.

« C'est l'autre qui est le faux, et ce faux sosie a disparu avec la complicité de...

Brusquement, il se tourna et, d'une voix très nette :

— Méfiez-vous de cet Hoffer ! Ne lui dites plus rien... Evitez-le...

Leloup, surpris, regarda le chef de la Sûreté, qui répéta :

— Méfiez-vous d'Hoffer... allez...

Les deux agents se retirèrent la tête basse, plus déconcertés par les dernières paroles de leur chef que par l'accueil dépourvu de cordialité qui leur avait été fait.

Dehors, Leloup résuma en ces termes l'entrevue :

— En somme, on a été engueulés, puis presque félicités... Mon opinion personnelle, et je la partage, c'est qu'il faut maintenant faire les morts et ne plus voir cet Hoffer, dont je me suis toujours méfié, d'ailleurs...

Et voilà pourquoi Hoffer n'avait plus revu Leloup.

Si le pilote avait su cela, peut-être eût-il triomphé moins bruyamment lorsqu'il était en présence de celui qu'il croyait Jean Dubreuil.

Mais il ignorait cette entrevue et il n'avait aucune raison de s'alarmer alors que s'approchait le jour qui devait lui donner la malheureuse jeune fille dont il convoitait si ardemment l'amour et la fortune.

CHAPITRE XVII

DES LUEURS... PUIS LA LUMIÈRE

Quelques jours s'étaient écoulés.

Le moment fatal pour Simone arrivait.

Bientôt elle allait devenir Mme Hoffer...

C'est à cela que pensait Mme Dubreuil en regardant avec tristesse son fils à qui une infirmière faisait la lecture...

Elle avait dû demander au docteur une femme sûre qui pût veiller sur son fils, lorsqu'elle avait besoin de s'absenter ou désirait prendre un peu de repos...

Mme Guénégot était une personne avertie, expérimentée, qui avait soigné bien des pauvres malades privés de raison.

Renseignée par le docteur et par Mme Dubreuil sur les causes de la maladie, et informée que parfois des lueurs de raison brillaient dans les yeux du malade, Mme Guénégot s'était ingéniée à provoquer ces lueurs, à les rendre plus fréquentes.

Elle avait essayé vainement par de longues causeries d'éveiller son attention...

Jean Dubreuil était resté impassible...

Alors elle avait imaginé de lui faire la lecture...

Jean, chaque fois qu'il lui voyait prendre un livre ou un journal, avait paru s'intéresser à son geste, et pendant quelques minutes il avait écouté la lecture, les traits contractés, l'œil fixé sur l'infirmière, puis, fatigué, il était retombé dans sa morne hébétude.

Mme Guénégot ne se découragea pas.

— La lecture, dit-elle, a frappé son esprit...

« Certainement, je finirai par obtenir un résultat...

Elle ne croyait pas si bien dire.

Un après-midi que, lasse de parler, elle allait quitter le salon pour chercher un livre à lire, elle s'aperçut que Jean feuilletait d'un air moins indifférent que de coutume une revue d'aviation.

Il contemplait même avec intérêt les gravures.

Elle lui prit le journal des mains et se mit à lire à haute voix un article sur les aviateurs de la grande guerre...

Tout de suite Jean s'immobilisa, attentif...

Mme Dubreuil le vit avec surprise se pencher vers la lectrice comme pour mieux entendre...

Mme Guénégot, qui l'observait aussi, continua, enflant la voix, détachant les noms propres, articulant nettement les mots...

« Qu'il nous soit permis de ne faire
« aucune différence entre tous ces rois
« de l'air dont beaucoup ont glorieu-
« sement péri, victimes de leur folle
« audace et de leur amour de la pa-
« trie. Vivants ou morts, nous devons
« à tous la même estime, la même
« admiration. Guynemer, Garros,
« Guilbert, Fonck, Nungesser, Casal,
« Bizot, Peuilot... »

Jean jeta un cri...

L'infirmière s'arrêta de lire.

Mme Dubreuil s'était levée.

Son fils, la main levée, semblait chasser devant lui d'invisibles nuages...

Il murmura très bas, mais très distinctement :

— Guynemer... Garros... Fonck... j'ai entendu ces noms... je connais ceux qui les portent...

Mme Guénégot tendit le magazine illustré à Jean, qui s'en empara, le feuilleta fébrilement, puis, plus lentement, tourna les feuillets... Il fixa un regard obstiné sur la photographie des aviateurs cités et son regard s'éclaira d'une flamme d'intelligence.

Les doigts sur les portraits, il disait le nom de chaque aviateur...

— Voici Garros... et voici Guynemer... Ça, c'est Fonck...

Il s'interrompit, dressant l'oreille...

On entendait par la fenêtre entr'ouverte le ronflement lointain d'un moteur...

Un avion devait passer, survoler l'hôtel...

Jean se leva, courut à la fenêtre qu'il ouvrit toute grande, et son regard, ardemment, fouilla le ciel...

Un avion là-haut planait...

Jean Dubreuil tendit les bras vers l'oiseau gigantesque...

Il resta dans cette attitude un long temps, éperdu, sans mot dire...

— Il comprend... il comprend !... dit l'infirmière vivement...

Mme Dubreuil marcha vers son fils.

— Appelez-le par son nom tout entier, conseilla Mme Guénégot.

Mme Dubreuil, d'une voix tremblante, balbutia :

— Jean... Jean Dubreuil...

— Ce n'est pas ça, dit l'infirmière... ça ne produit aucun effet...

Grossissant sa voix, elle cria d'un ton de commandement :

— Lieutenant Jean Dubreuil !

Jean tressaillit, se retourna avec vivacité, bégaya :

— Quoi ? Qu'est-ce qu'il y a ? qui appelle-t-on ?

— C'est toi, mon enfant...

— Qui ? moi ?...

— Jean... Jean Dubreuil... lieutenant aviateur, dit l'infirmière... médaille militaire, croix de guerre, cité à l'ordre de l'armée...

Jean porta la main à son front...

— Oh ! mon Dieu ! gémit-il... je ne sais pas... je ne comprends pas... ma tête va éclater... vite... vite... dites-moi qui je suis... où je suis... aidez-moi à me souvenir...

Sa mère n'y put tenir. Sanglotante, elle se jeta à son cou...

— Tu es mon fils adoré... mon Jean... tu es chez toi... auprès de ta maman...

— Maman... maman... répéta Jean.

Il jeta un cri terrible, se renversa, tomba évanoui...

— Ah ! mon Dieu !... s'écria Mme Dubreuil. Mon fils...

— N'ayez aucune crainte, madame, dit l'infirmière... la raison est revenue... provoquant une commotion qui ne durera pas... Vite, appelez quelqu'un dont la vue le trouble moins que votre présence... quelqu'un de gai... qu'il aime bien...

Mme Dubreuil sonna...

— Prosper ! qu'il vienne tout de suite...

Les deux femmes avaient relevé Jean, l'asseyaient dans un fauteuil, essayaient de le rappeler à lui...

Prosper entra en coup de vent...

— Quoi qu'il y a ? dit-il très ému... le patron ?...

— Est guéri... dit Mme Guénégot... mais la secousse a été si violente qu'il s'est trouvé mal...

« Il faut le remonter, mon garçon, l'égayer, dès qu'il ouvrira les yeux... Ah ! justement, il reprend ses sens... mettez-vous derrière le fauteuil, madame, avec moi... Parlez, Prosper...

Jean ouvrait les yeux...

Maîtrisant son émotion, Prosper gouailleur commença :

— Alors, quoi ? ça ne gaze plus, m'sieu Jean... on tombe en digue-digue comme une petite femme... C'est pas tout ça... quoi qu'on fait ?

— Prosper... Prosper... dit Jean surpris... c'est toi ?...

— Dame, je ne suis pas le président de la République, et, entre nous, j'y tiens pas... parce que, vous voyez, n'importe qui peut être président, et tous les présidents réunis ne feraient pas un Prosper Mézan...

Jean sourit, égayé...

— Mon brave Prosper... mais... mais... que s'est-il passé ?... il me semble...

— Ah ! oui, vous avez eu un petit peu de fièvre pendant quelques heures... et même pendant quelques jours... Mais il ne faut pas vous en faire, c'est fini...

— J'ai eu la fièvre, moi ?... c'est donc ça... Je ne puis pas rassembler mes idées... j'ai comme un vide dans la tête... J'ai eu le délire, n'est-ce pas ?

— Oui... quelque chose comme

cela, mais c'est fini, patron... Vous voilà remis, et d'attaque... On va pouvoir rigoler...

— Et... ma mère ?...

— Me voici, mon Jean ! s'écria Mme Dubreuil...

— Maman !

La mère et le fils s'embrassèrent longuement...

Prosper se détourna pour pleurer à son aise...

Jean, ému, étonné, inquiet, s'arracha doucement à l'étreinte maternelle...

— Maman, que s'est-il donc passé ? Prosper, explique-moi ?

— Je vais vous dire cela...

— Minute... dit l'infirmière avec autorité, pas un mot.

« Madame, et vous, Prosper, veuillez vous retirer et me laisser conduire notre malade à sa chambre... Je prescris le repos le plus complet jusqu'à demain. Allons, venez, monsieur Jean...

Jean, aidé par l'infirmière, ne fit aucune résistance et se laissa conduire à sa chambre.

Il éprouvait une fatigue incroyable du cerveau et n'aspirait qu'à s'étendre, à dormir...

Une dose raisonnable de chloral administrée par Mme Guénégot favorisa ce sommeil réparateur, d'où Jean devait sortir le lendemain complètement guéri.

Mais ce ne fut qu'au bout de vingt-quatre heures que le docteur autorisa Mme Dubreuil à répondre aux questions de son fils...

Ce ne fut pas sans une vive émotion que Jean apprit l'identité véritable de son sosie et son existence passée.

Il s'attendrit sur le sort de son malheureux frère dont le dévouement le toucha profondément, et il se jura de lui faire désormais une vie digne d'un fils d'Henri Dubreuil.

Point n'est besoin de dire que Mme Dubreuil approuva les bonnes résolutions de son fils et qu'elle louangea comme il convenait l'infortuné Pierre Quinchard, si cruellement puni pour un meurtre involontaire...

Mais l'émotion de Jean Dubreuil se transforma vite en une violente colère lorsqu'il apprit de Prosper tout ce qui était arrivé depuis sa chute d'avion : les ténébreux agissements d'Hoffer, ses fiançailles avec Simone, les tentatives faites pour l'arrêter, l'emprisonnement de Pierre, etc..., etc...

— Il faut que ce bandit soit châtié... et il le sera... il ne mourra que de ma main...

— Jean, s'écria sa mère, tu ne vas pas te battre avec cet homme ?...

— Vous bilez pas, madame, dit Prosper, m'sieu Jean ne se battra pas avec son assassin... ça serait faire trop d'honneur à ce chenapan, qui a d'ailleurs à rendre des comptes à la justice de son pays, si j'en crois M. Pierre, qui a surpris certaines conversations d'où il résulterait que ledit Hoffer est au service d'un certain Weistermann, qui ne serait autre que M. Génévrier, lequel me paraît être un gredin de grande envergure.

— Génévrier ! s'étonna Jean.

— Parfaitement... c'est le chef d'une bande d'espions... je ne veux pas vous dire de quel pays... vous vous en doutez bien... Ces messieurs recommencent, comme avant la guerre, à fourrer leurs agents partout, et je vous prie de croire que c'est bien organisé...

« Ah ! pour l'organisation, c'est justice à leur rendre... ils sont un peu là... En France, nous pourrions en prendre de la graine...

— Je ne puis croire une telle infamie, protesta Jean. Que Hoffer, par jalousie, ait voulu me tuer, emporté par la passion... cela, je le conçois... Mais que lui, pilote de guerre français, qui a fait son devoir, serve les projets de nos ennemis... soit devenu un traître...

— Pardon... pardon... rétorqua Prosper... Il serait un traître s'il était Français... mais s'il ne l'était pas ?...

— Tu es fou... le nom de Hoffer est bien connu dans les annales de l'aviation de guerre... Il a été cité à l'ordre de l'armée plusieurs fois...

— Hoffer ! oui... mais si Hoffer n'était pas Hoffer...

Mme Dubreuil et son fils regardèrent Prosper Mézan avec surprise.

— Parfaitement... ricana Prosper... Hoffer pourrait n'être pas Hoffer...

« Ça ne serait pas le premier Allemand que nous aurions vu chiper les papiers d'un soldat mort, et rentrer en France tout comme un prisonnier, après l'armistice...

« Eh ! Eh ! j'ai fait ma petite enquête, moi, Prosper...

« Faut pas oublier que le brave Hoffer, le vrai, a été vu par les nôtres tombant au milieu des Boches, son avion ayant été canardé par je ne sais combien de « Taupes »...

« On l'a cru mort, puis, bien longtemps après, on a appris qu'il était prisonnier...

« Et puis... et puis... il y a eu la paix... On a rendu les prisonniers et on a vu sortir le nommé Hoffer, qui ressemble à s'y méprendre au Hoffer français, d'origine lorraine, dont tous les parents sont morts...

« Ça n'a rien d'extraordinaire, deux hommes qui se ressemblent... pas, m'sieu Jean ?...

« Et quand le second a sur lui les papiers du premier, il y a des chances pour que tout le monde le prenne pour le premier.

— Si cela était, dit Jean, cet homme serait le dernier des misérables... mais je ne puis croire...

— Eh bien ! moi, dit Mme Dubreuil, je suis de l'avis de Prosper...

« Je crois qu'il dit la vérité...

« Ton ennemi est aussi un ennemi de notre pays...

— C'est pourquoi, conclut Prosper, faut le mettre entre les mains des juges avec son compatriote Génévrier, qui doit avoir un nom en « och », « ach », ou « ein », un de ces noms à éternuer pendant cinq minutes.

« Le juge d'instruction saura bien faire « jacter » ces deux gaillards et en tirer des renseignements utiles...

— Et voilà l'homme, fit Jean indigné, à qui M. Dupon-Martin veut donner sa fille...

— Ah ! il a une excuse, le papa de Mlle Simone, il ne sait pas tout ce que nous savons... et puis, faut pas oublier que vous... c'est-à-dire M. Pierre, vous avez rendu sa parole à Mlle Simone...

— Pierre avait perdu la tête, dit vivement Mme Dubreuil, il ne pouvait plus jouer son rôle pour moi et pour ta fiancée, te croyant perdu... Loyalement, il refusait à être aimé, à épouser ta chère Simone...

— C'est juste... dit Jean... à la place de Pierre, j'aurais agi de même.

« Mais qu'a dû penser ma chère Simone ?

— Oh ! dit Mme Dubreuil, elle a été admirable... Elle t'a excusé... elle n'a pas cherché à comprendre les motifs de ce refus... Elle est partie tout en larmes, t'aimant toujours, te gardant sa confiance et son amour... C'est un ange...

— Vous émotionnez pas, m'sieur Jean, dit vivement Prosper, c'est mauvais pour vous, les émotions... Vous épouserez Mlle Simone, c'est moi qui vous le dis... et j'épouserai Justine... et tout le monde sera content...

« On a encore quatre jours devant soi pour déjouer les manigances du Hoffer... c'est plus qu'il n'en faut.

« Si qu'on causait tous les deux des moyens d'en fiche un bon coup !

— Oui, dit Jean... avant mon amour, avant ma vengeance, j'ai un devoir à accomplir...

— Je t'ai compris, Jean... tu as raison...

« Il faut avant tout arracher ton « frère » à nos ennemis...

— Oui, mère...

— Ça, c'est comme si c'était fait... ajouta Prosper. Justine et moi, on a fait une petite « combine » que je vous raconterai, et qui n'est pas dans une musette...

« Ouvrez-les, m'sieu Jean, et écoutez un peu le truc qu'on a trouvé pour tirer M. Pierre des pattes de la bande à Hoffer, et vous me direz après si Prosper est le fils d'une patate.

CHAPITRE XVIII

DEUX PERSONNES FORT INTRIGUÉES

Ce soir-là, dans l'appartement de Leloup, Daurisse se regardait avec complaisance dans une glace en attendant que son collègue eût fini de s'habiller.

Daurisse, vêtu d'un habit un peu étroit, prenait grand plaisir à se contempler, estimant qu'il avait tout à fait l'allure d'un homme du monde.

— Comme, avec un habit, on a l'air chic, se disait-il... Et ça vous donne une distinction...

Leloup parut, également en habit.

— Ah ! fit Daurisse... Vous êtes épatant... Tiens, vous avez une cravate noire avec votre habit ?...

— Tiens, Gustave, vous arborez avec votre habit une cravate blanche ?

— Je croyais qu'il fallait mettre une cravate blanche...

« Vous êtes sûr qu'il en faut une noire ?

Leloup, embarrassé, se gratta le front...

— Diable ! Diable !... Je ne sais plus, moi... Vous me troublez, Gustave, avec vos questions... indécentes.

« Je n'ai pas l'habitude de cette tenue de soirée... Et vous non plus, naturellement... Que me conseillez-vous ?

— Euh ! Euh ! je ne sais pas... je ne suis pas un mondain, un snob... je suis un homme de devoir et de police... Les soirées, celles de fiançailles surtout, j'ignore ça, puisque je suis garçon.

— Moi aussi...

« Oh ! j'ai une idée...

— Ça ne m'étonne pas...

— Moi non plus... Ecoutez... je vais mettre dans ma poche une cravate blanche et je vais vous en donner une noire que vous garderez précieusement dans votre poche... Une fois là-bas, nous regarderons comment sont cravatés les gens et nous agirons en conséquence.

— Bravo ! Ah ! ça, c'est une riche idée.

— Peuh ! les idées, j'en suis pourri... j'en ai trop... c'est ce qui me fait du tort... Prenez donc encore un peu de kirsch, Gustave...

Daurisse ne se fit pas répéter l'invitation.

Il avait déjà tutoyé le carafon que la bonne de Leloup avait apporté sur un plateau avec deux verres à bordeaux.

— A la vôtre, chef.

— A la vôtre, Gustave.

Les deux hommes trinquèrent, burent à petites gorgées gourmandes...

Soudain, Leloup demanda :

— En somme, Gustave, qu'est-ce que vous en pensez ?

— De quoi ?...

— De cette idée... de cet ordre du chef de la Sûreté qui nous invite péremptoirement à obéir à M. Jean Dubreuil cette nuit ?...

« Or, retenez ceci, Gustave : il est de notoriété publique que ce Jean Dubreuil est fou, ainsi que nous l'avons constaté par nous-mêmes. Il est fou, ce qui est déjà grave, mais ce qui est encore plus grave, c'est que ce Dubreuil, qui est fou, est toujours à l'endroit où il ne devrait pas être.

« Rappelez-vous la course de la rue Caulaincourt, il y a quinze jours...

« Je vous demande un peu, Gustave, si la place d'un fou est dans la rue, puis dans une auto qui nous fit courir sur des routes nocturnes et désertes pendant une partie de la nuit, que nous terminâmes dans un taxi sans chauffeur et sans chauffage.

— Peut-être, hasarda Gustave, que ce Dubreuil n'était pas Dubreuil.

— Pourquoi ?

— Justement parce qu'il est fou et qu'il devait être à cette heure-là dans son hôtel, soigné par sa mère et ses domestiques.

Leloup ricana :

— Mon cher Gustave, il y a des moments où la faiblesse de votre intelligence me fait de la peine...

« Si ce Dubreuil n'était pas Dubreuil, comment aurait-il pu me laisser une lettre sur les coussins de la voiture ?... Ah ! qu'avez-vous à répondre à cet argument irréfutable ?

— Rien, brigadier.

— Alors, si vous n'avez rien à dire, pourquoi parlez-vous ?...

— Mais c'est vous qui m'interrogez.

— Je vous interroge, Daurisse, pour que vous disiez comme moi... c'est-à-dire des choses sensées...

« Décidément, mon ami, vous ne ferez jamais votre chemin dans la police...

« Vous n'avez aucun flair... vous parlez trop et vous ignorez l'art des déductions. Encore un peu de kirsch et mettons-nous en route.

Daurisse obéit avec empressement pour se faire pardonner son manque de clairvoyance.

Il était tellement persuadé de la supériorité intellectuelle de son chef que pas une minute il ne lui vint à l'esprit que le subtil Leloup pouvait se tromper et que c'était lui, Daurisse, qui pouvait avoir raison...

— Vous avez raison, chef, j'ai beaucoup à apprendre... Heureusement qu'à force de travailler avec vous je finirai par connaître à fond mon métier...

— Oui, dit Leloup flatté, vous avez certaines qualités... Vous reconnaissez vos torts et la supériorité dont je suis affligé... C'est bon signe, cela... Je finirai par faire de vous un policier présentable... A la vôtre...

— A la vôtre...

Ayant vidé ce dernier verre, Leloup appela la bonne, qui apporta les pardessus et, sur l'ordre de son maître, alla arrêter un taxi.

Tandis qu'ils descendaient à leur tour l'escalier avec une gravité recueillie, Leloup pontifia :

— En somme, mon cher, l'œil de la police doit se fermer sur l'ordre des chefs...

— Et s'ouvrir sur leurs ordres.

— Mais non, imbécile... Il doit s'ouvrir sur l'initiative privée autant qu'individuelle des agents chargés d'une mission difficile autant qu'incompréhensible...

Cette phrase ahurit tellement Daurisse qu'il oublia une marche et, tombant sur son supérieur, l'entraîna dans une chute rapide qui se termina devant la loge du concierge, lequel, ayant aidé les agents à se relever et à monter dans le taxi, déclara à sa femme :

— Euphémie ! pour parler le langage de M. Leloup, je croirais assez que cette chute est consécutive à un excès d'absorption de kirsch, vu que M. Leloup, quand je l'ai remis sur pied, sentait le kirsch à tuer une mouche à quinze pas.

CHAPITRE XIX

SOIR DE FIANÇAILLES

Simone achevait de s'habiller...

Depuis le matin, son visage reflé-

était une joie immense, inaccoutumée, que Dupon-Martin attribuait naïvement au plaisir d'être fiancée à Hoffer et le constructeur se félicitait d'avoir poussé Simone à ce mariage, bien persuadé que Simone ne songeait plus à Dubreuil.

Dupon-Martin n'avait pas une grande connaissance du cœur féminin...

En effet, ce qui réjouissait Simone, c'était la lettre qu'elle avait reçue dans la matinée.

Jean Dubreuil, faisant trêve au silence qu'il avait observé jusque-là, et pour cause, avait écrit à Simone une très longue lettre, aussi longue que tendre... lui affirmant qu'il viendrait au dernier moment pour briser cette odieuse union, qu'il viendrait, disait-il, vers sa bien-aimée, sur les ailes de l'Amour et que le misérable qui avait osé aspirer à sa main recevrait le châtiment qu'il méritait.

Jean annonçait à Simone qu'il expliquerait son incompréhensible attitude lors de leur dernière entrevue et que, lorsqu'il aurait parlé, Simone l'absoudrait, car le Jean Dubreuil qui avait fait bien malgré lui de la peine à Simone n'était pas le Jean Dubreuil qu'elle aimait et qui l'adorait.

Ceci avait paru bien énigmatique à la jeune fille, mais elle avait remis à plus tard l'explication de cette phrase mystérieuse, ayant gardé en son fiancé la plus absolue confiance.

Ce qui se passait depuis trois semaines avait bien pu la chagriner, la faire douter de l'amour de Jean, mais elle n'aurait jamais osé mettre en doute ses paroles ou ses écrits.

Or Jean, sortant d'un mutisme inexplicable, venait de lui adresser la plus amoureuse des lettres.

Cela contrastait violemment avec l'accueil glacial qu'il lui avait fait, lorsque, toute joyeuse, elle avait couru lui annoncer que son père ne s'opposait plus à leur mariage et qu'elle venait savoir de lui la date de leur union.

Ce jour-là, Simone avait éprouvé une immense douleur.

Puis, en réfléchissant à l'étrange attitude de Jean, elle s'était rappelé cette mystérieuse recommandation de son bien-aimé avant que n'eût lieu le match : « Quoi qu'il arrive, ne doutez jamais de moi !... » Et elle avait imposé silence à ses angoisses.

Aussi bien elle avait vaguement entrevu que tout ce qui lui paraissait anormal avait néanmoins une raison d'être et que Jean n'était pas étranger à toutes ces anomalies...

Cette histoire d'un homme montant à la place de Dubreuil dans l'avion, tandis que Dubreuil venait la retrouver à l'aérodrome, l'avait fort troublée...

Elle avait cru comprendre que cet aviateur masqué était un ami de Jean, lequel, ne pouvant manquer à la parole donnée à sa mère, avait imaginé de faire voler un concurrent redoutable pour empêcher Hoffer d'être vainqueur.

D'autre part, elle avait entendu son père dire que c'était bien Jean Dubreuil qui était l'aviateur masqué, qu'il était gravement blessé et avait perdu la raison !...

Or, elle avait vu Jean le jour de leur rupture.

Il n'était donc pas blessé et avait toute sa raison...

Et puis, cet aviateur masqué qu'on disait disparu soudain faisait parler de lui... Il était retrouvé, conduit dans une maison de santé, arrêté par on ne sait quels agents...

Et Jean — qu'on avait accusé d'être cet aviateur — était, elle le savait par Justine, qui le savait par Prosper — toujours auprès de sa mère, mais malade ainsi qu'aurait pu l'être l'aviateur masqué...

Tout cela était on ne peut plus déconcertant !

Après un si long temps, la lettre de Jean Dubreuil arrivait à point pour jeter une lueur dans ces ténèbres et ranimer la foi chancelante de la jeune fille...

Une autre raison d'espérer, c'était l'attitude de Justine, qui, plus rieuse que jamais, chantait du matin au soir et lançait d'un ton dégagé :

— Ça va gazer, mademoiselle Simone, ça va gazer...

Cette célèbre phrase, empruntée au répertoire de Prosper Mézan avec qui, délaissant sans autorisation son travail, Justine avait des rendez-vous de plus en plus fréquents, avait le pouvoir de faire sourire Simone.

Elle était persuadée que son mariage avec Hoffer ne s'accomplirait pas et que Jean surgirait au bon moment, la sauverait et qu'elle serait enfin heureuse auprès de celui auquel elle avait donné son cœur...

— Oui, se disait Simone en relisant la lettre de Jean pour la dixième fois, je savais bien que Jean viendrait à mon secours... et que je pouvais avoir foi en lui...

« Je savais bien qu'un jour l'inexplicable me serait expliqué...

Donc, en ce jour de fiançailles qui devait être le prélude fatal d'une union détestée, Simone, contrairement à tout ce qu'on aurait pu supposer, était pleine d'entrain et d'espoir...

Jean, son Jean allait venir... Cela était certain, puisqu'il l'avait écrit...

C'est pourquoi elle était gaie... persuadée que son mariage avec Hoffer n'aurait pas lieu et se réjouissant par avance de la déconvenue de cet homme qu'elle détestait d'autant plus qu'il n'avait pas hésité pour l'obtenir à faire un marché avec Dupon-Martin.

Elle ne pouvait oublier que le misérable avait posé cet ultimatum à son père : « Ou la main de Simone, ou la faillite. »

Il va de soi que Simone avait repoussé avec indignation les propos d'Hoffer affirmant que Jean Dubreuil était fou et qu'un aventurier avait essayé de se faire passer pour lui...

Hoffer, ne pouvant et ne voulant pas fournir les preuves de l'existence du « sosie », avait été contraint de garder pour lui ses insinuations perfides au sujet de l'autre Dubreuil.

Depuis, il n'avait plus parlé de Jean Dubreuil.

Simone lui avait su gré de cette discrétion et s'était montrée presque aimable lors de leurs rares entrevues, faisant même assez bon accueil à l'envoi de fleurs d'Hoffer qui, pour elle, dévalisait les fleuristes en renom.

Tout à la joie de ce mariage, Hoffer en oubliait presque sa haine...

Il n'avait revu qu'une seule fois Pierre en compagnie du « chef », et tous deux avaient froidement discuté devant l'idiot des moyens de se débarrasser de lui avant la fin du mois, puisque décidément il ne recouvrait pas la raison et qu'il n'y avait rien à espérer de lui...

— Il faudrait, avait conseillé le « chef », tout de suite après votre mariage, au retour de votre voyage de noces, vous absenter sous un prétexte quelconque pendant trois ou quatre jours...

— Comment ? quitter ma femme si tôt... et pourquoi ?

— Mais pour nous aider, mon garçon.

« En somme, c'est pour vous que nous travaillons, et il me semble que vous êtes le premier intéressé à faire disparaître l'amoureux de votre femme...

— C'est juste... mais... je ne puis tout seul... à moins de le tuer !...

— Le tuer ! sursauta le « chef », êtes-vous fou ?... Pour avoir la police à nos trousses. Sans compter que vous êtes, en vérité, si adroit pour vous défaire des gens qui nous gênent !

— J'ai fait de mon mieux, s'excusa Hoffer...

« Et si Dubreuil n'avait pas déplacé brusquement son avion, je vous jure que je ne l'aurais pas raté...

— Oui, je sais que vous êtes un tireur remarquable.

« Mais laissons cela... Ecoutez mon plan...

« Je vous fournirai une superbe limousine dans laquelle vous prendrez place avec votre fou... Un pilote adroit vous conduira...

« Vous irez faire un tour en Bretagne, et vous expliquerez à ceux qui vous interrogeront que vous accompagnez votre cousin à Sainte-Anne-d'Auray où vous avez fait vœu de le conduire pour qu'il recouvre la raison... »

— Parfait, j'ai compris... Il y a en Bretagne des falaises escarpées...

— Votre cousin aura profité de ce que le chauffeur et vous, vous aurez momentanément abandonné l'auto pour la mettre imprudemment en marche, et naturellement l'auto mal dirigée aura basculé par-dessus les rochers, causant la mort du pauvre fou...

« Une fois cet animal mort... »

Pierre, à ce moment, fit entendre un éclat de rire si strident que les deux gredins tressaillirent...

Machinalement, Hoffer se glissa derrière le « chef ».

— Il est stupide, ce Dubreuil ! gronda le « chef »... J'ai cru qu'il avait recouvré la raison... Mais non... regardez-moi ce regard hébété, ce rire de crétin...

Film Pathé.

Ce n'est pas sans un certain plaisir que nos amis apprirent, par la voie des journaux, le brillant avancement des fameux limiers Leloup et Daurisse.

« Qu'est-ce que vous avez à trembler, Hoffer ?

— Les fous sont dangereux, chef... On ne sait jamais... Vous feriez bien de m'adjoindre deux hommes de plus.

— Ah ! non... pour attirer l'attention... Merci... C'est vous qui êtes fou. Assez.

« Vous ferez ce que j'ai dit et comme j'ai dit. Dubreuil écrasé sur le rocher, vous ferez constater l'accident mortel, vous irez au plus proche village et vous donnerez au maire l'état civil du défunt auquel vous aurez pris ses papiers pour faciliter le travail de l'enquêteur.

« Et puis, vous rentrerez tranquillement auprès de votre chère petite femme, et vous profiterez des quelques semaines que je vous accorde pour l'aimer, prendre l'argent et les inventions du père... Et après... en route...

Pierre recommença ses éclats de rire.

Enervé, le « chef » emmena Hoffer qui était devenu livide et l'entretien continua.

Il roula sur le sort destiné au « sosie », à celui qui officiellement était Jean Dubreuil et vivait dans l'hôtel de Mme Dubreuil.

On réglerait plus tard le sort de cet aventurier.

Le danger de ce côté n'était pas grand.

Réduit à l'impuissance par la capture du vrai Dubreuil, le faux, inquiet, n'oserait rien tenter, et, vraisemblablement satisfait d'être installé dans le rôle d'une personnalité telle que Jean Dubreuil, s'estimerait très heureux de continuer à passer pour lui et à vivre de ses rentes.

Il renoncerait à Simone pour laquelle il ne devait avoir aucun amour, ayant fait semblant de tenir à l'épouser afin de mieux faire croire qu'il était Jean Dubreuil...

Plus tard, bien plus tard, on aviserait aux moyens de faire chanter ce Dubreuil-là, sous menaces de tout révéler à la mère...

C'est sur cette conclusion et avec le doux espoir d'obliger le prétendu faux Dubreuil à payer de sa fortune leur silence, que les deux complices quittèrent la rue Caulaincourt, Hoffer d'abord, Génévrier ensuite.

Naturellement, Hoffer ignorait toujours la double personnalité de Génévrier, et ceci avait amené cette chose bizarre, c'est que Hoffer, devenu l'associé de son futur beau-père, avait pris en grippe ledit Génévrier qu'il considérait comme le rival de la maison Dupon-Martin et Hoffer.

Génévrier ayant remarqué ce changement d'attitude avait fort ri de la naïveté d'Hoffer — ce pantin dont il tenait les ficelles...

Mais, froissé malgré tout, il s'était proposé de donner à Hoffer une dure leçon en lui révélant après la lecture du contrat la vérité, et à lui faire sentir sa toute-puissance.

C'est dans ces excellentes dispositions que Génévrier, convié à la soirée des fiançailles, monta ce soir-là dans son auto et se fit conduire au château de Dupon-Martin où il voulait se trouver avant tous les invités pour s'offrir le luxe d'inquiéter le gendre et le beau-père par de calomnieux propos.

Mais deux personnes avaient eu la même idée que lui et arrivaient au château bien avant tous les invités.

Ces deux personnages à peine introduits avaient demandé à parler d'urgence à M. Dupon-Martin, lequel, prêt depuis longtemps, attendait Hoffer en se promenant de long en large dans son cabinet de travail.

Dupon-Martin fut assez surpris d'apprendre que deux visiteurs qui n'avaient pas remis leur carte et refusaient de dire leur nom insistaient pour être immédiatement reçus, affirmant qu'il s'agissait de choses très graves.

Intrigué, il donna l'ordre de lui amener ces étranges visiteurs.

Il fut encore plus étonné lorsque, seul avec ces deux hommes, il eut pris connaissance de la carte spéciale que lui montrèrent Leloup et Daurisse et qui les désignait comme deux agents de la Sûreté.

— Messieurs, dit-il, vaguement inquiet, je ne m'explique pas votre présence chez moi...

— Et foi de Leloup, dit l'un des agents, nous ne nous l'expliquons pas... pour le moment. Nous avons l'ordre du chef de la Sûreté d'agir ainsi et nous vous prions de vouloir bien nous faire admettre parmi vos domestiques comme « extras ». Voyez, nous sommes en habits et prêts à entrer à votre service...

« Cela ne surprendra personne que vous ayez augmenté votre personnel aujourd'hui... Veuillez sonner votre maître d'hôtel et nous recommander à lui... »

Dupon-Martin, indécis, se gratta le front.

Il aurait bien voulu savoir, étant d'un naturel fort curieux, pour qui venaient ces policiers ?

Dans quel but ?

Un regard jeté sur Leloup et son collègue le convainquit qu'il perdrait son temps à les interroger...

Il soupira :

— C'est bien ennuyeux !... Si on soupçonnait votre présence ici, quel scandale !... Vous n'allez arrêter aucun de mes invités, j'espère ?...

Leloup ne daigna pas répondre.

Les deux hommes étaient en habit, corrects, rasés de frais, et pouvaient passer pour des domestiques de maison bourgeoise.

Il y avait bien ces deux épaisses moustaches qui trahissaient la fonction, mais quoi ? A présent, les domestiques ont le droit, comme tous les citoyens, d'être barbus ou rasés.

Dépité, Dupon-Martin sonna, fit venir le maître d'hôtel.

— Ces braves garçons, dit-il, me sont recommandés par un ami... Utilisez leurs services pour la soirée.

Déférent, le maître d'hôtel s'inclina... pria ces « messieurs » de le suivre, car justement les invités commençaient à arriver...

Dupon-Martin vit avec ennui ces

serviteurs d'un nouveau genre suivre son maître d'hôtel.

— Qu'est-ce que cela veut dire ? Je ne suis pas tranquille... Il faut que je mette Hoffer au courant... Il doit être arrivé et s'attendre à recevoir les félicitations ; je vais aller au-devant de lui...

Il fut arrêté sur le seuil par l'arrivée de Simone, éblouissante de jeunesse et de beauté...

— Oh ! fit Dupon-Martin émerveillé, tu n'as jamais été si jolie...

— Que dis-tu de ma robe, papa ?

— Délicieuse ! Exquise !...

— Elle te plaît ?

— Infiniment. Tu es adorable... tu vas faire tourner toutes les têtes... Ah ! ce Hoffer est un heureux mortel...

Au nom d'Hoffer, Simone fronça les sourcils.

Dupon-Martin s'émut.

— Ma chérie, dit-il vivement, ce mariage ne te déplaît pas trop, au moins... Il m'a semblé que tu étais contente, et maintenant je vois ton front s'assombrir au seul nom de ton fiancé...

— J'ai du mal à m'habituer, mais cela se passera... Veux-tu m'offrir ton bras, petit père, et faire avec moi ton entrée ?

— Mais je crois bien, ma chérie !

Tous deux se dirigèrent lentement vers le grand salon où l'on entendait déjà les conversations animées des invités.

Quelques instants auparavant, Hoffer avait paru et comme le supposait Dupon-Martin s'arrêtait pour serrer des mains, remercier aimablement ceux qui le félicitaient.

Génévrier se faisait remarquer par ses compliments et ses sourires, qui surprenaient chez un homme aussi compassé que lui...

Mais Hoffer était trop heureux pour battre froid au rival de sa maison.

Il répondit cordialement à Génévrier, qui, l'ayant pris par le bras, l'entraînait dans un coin.

Soudain, il tressaillit...

Il venait de remarquer un domestique qui l'avait regardé d'une façon singulière, avec un sourire narquois...

C'était Leloup, qui, un plateau à la main, traversait le salon, s'efforçant d'avoir l'air digne, mais surtout très préoccupé de ne pas renverser les tasses et les verres qu'on venait de lui confier.

Leloup, qui sentait peser sur lui le regard du maître d'hôtel, n'avait qu'une pensée, échapper à cette surveillance...

Se faufilant assez adroitement parmi les invités, il gagna un petit salon retiré et se débarrassa de son plateau qu'il posa sans façon sur un fauteuil...

— Ouf ! j'en ai chaud... En voilà un fourbi ! Je n'aurais pas cru que c'était si difficile que ça de promener des rafraîchissements ?

« Prenons une glace pour nous remettre... »

Leloup prit une glace, puis une autre, après quoi il absorba un punch, trouvant la glace trop froide pour son estomac délicat.

Ensuite, se frappant le front :

— J'allais oublier... la cravate noire n'est pas de mise... mettons vite ma cravate blanche... J'ai bien fait d'en emporter une...

« C'est Daurisse qui avait raison... Je vais le féliciter... »

Leloup, s'assurant que personne ne pouvait le voir, ôta sa cravate noire qu'il jeta dédaigneusement derrière un grand pot de fleurs et mit sa cravate blanche.

— Là ! dit-il satisfait... C'est beaucoup mieux... Tiens, Gustave.

Gustave arrivait, l'air grognon, essuyant son habit :

— Eh bien ! Daurisse, mon ami, que se passe-t-il ?

— Ah ! ne m'en parlez pas... Je portais des sandwiches que je venais de chercher à l'office quand, je ne sais comment, j'ai été heurté par un grand flandrin de larbin qui a renversé son plateau sur moi... C'étaient justement des sirops... j'ai beau m'essuyer... Quel fichu maladroit !

— C'était sans doute un extra...

— Comme nous ! dit Daurisse qui ne put s'empêcher de rire.

— Tiens, fit Leloup... vous avez changé de cravate.

— Oui, j'ai jeté la blanche et j'ai mis la noire... J'ai remarqué que c'était la cravate noire qui se portait... Oh ! vous avez mis la blanche.

— Mais naturellement, mon cher, c'est le blanc qui se porte, vous aviez raison.

— Mais non, c'est vous qui aviez raison... c'est le noir qui est le plus distingué.

— Je vous dis, Daurisse, que c'est vous.

— Pas du tout, brigadier, c'est vous.

— Qui aviez raison.

— Qui avez tort... C'est vous, au contraire.

— Oh ! c'est trop fort...

Un murmure de voix apaisa la discussion...

Leloup bondit vers son plateau et cérémonieusement le tendant à Daurisse :

— Que désire Monsieur... Une glace... un sorbet... un verre de punch ?...

Les voix s'éloignèrent...

Daurisse continua à jouer l'invité en absorbant plusieurs verres de punch.

— Là... ça va mieux... je retourne chercher des sandwiches et j'irai les balader.

— Ah ! bien, dites donc, Gustave... emportez donc ce plateau qui me gêne... Il est inconvenant que votre brigadier ait les mains pleines de liquides nauséabonds quand vous, son subordonné, vous avez les mains libres.

« Allez... c'est l'ordre... Et attention au Dubreuil ! Ouvrez l'œil, vous dis-je.

Gustave, qui décidément était de mauvaise humeur, s'éloigna en grognant, et, voyant dans un corridor désert une fenêtre ouverte, profita de ladite fenêtre pour envoyer dehors, parmi les fleurs, sorbets, sirops, glaces et punchs...

— Voilà toujours des invités de servis ! dit-il en ricanant.

« Je ne suis pas engagé pour les liquides, moi, mais pour les solides... Les liquides, ça regarde ce rossard de Leloup.

« Que le brigadier se débrouille avec le maître d'hôtel... »

Décidément, il allait se passer cette nuit des choses surprenantes, puisque Daurisse oubliait le respect dû à son supérieur...

Tandis que Gustave se débarrassait, en même temps que de son plateau, de son respect hiérarchique, Leloup, ignorant cet affront fait à sa dignité, recevait en son petit salon la visite d'Hoffer, qui, délaissant Génévrier sous un prétexte quelconque, s'était mis à la recherche du policier et l'avait enfin trouvé.

— Monsieur Leloup, dit Hoffer, que diable faites-vous ici sous ce déguisement ?

Leloup, baissant la voix, confia :

— Nous venons prendre notre revanche. L'aviateur masqué a eu l'audace de nous donner rendez-vous ici. Cette fois, le coquin ne nous échappera pas. J'ai obtenu un nouveau mandat en blanc... Je vais pouvoir arrêter le Dubreuil à la manque et ses complices. Ah ! ça n'a pas été commode, vous savez. Le chef hésitait, il avait peur d'une gaffe. Une gaffe, je vous demande un peu... Une erreur, je ne dis pas.

« Mes précautions sont bien prises. Avant d'entrer ici, je me suis assuré que les agents que j'avais demandés étaient à leur poste. Ils y sont, dans le parc... aux environs du château... La souricière est bien préparée... Le gredin ne nous échappera pas... Vous permettez, il faut que j'aille surveiller... et servir.

Leloup disparut, laissant Hoffer tout étourdi de la nouvelle...

L'aviateur masqué... mais alors, c'était le faux Jean Dubreuil, puisque le vrai était prisonnier rue Caulaincourt, et cet aventurier avait l'audace de donner rendez-vous aux policiers, ici même, le soir des fiançailles.

« Pourquoi venait-il ? Dans quel but ? »

Cette pensée tourmenta Hoffer.

— Tudieu, mon cher ami... dit une voix joyeuse, vous avez bien triste mine pour un amoureux... Que vous arrive-t-il donc ?

— Ah ! c'est vous, monsieur Génévrier, répondit Hoffer d'un air distrait.

— Moi-même, cher ami, qui viens vous chercher de la part de votre beau-père... Le notaire vient d'arriver... Vous savez que votre fiancée a un succès fou... Ce n'est qu'un cri d'admiration : « Elle est exquise... adorable... ravissante... »

— N'est-ce pas ? dit Hoffer, chassant toutes les pensées importunes, et souriant à son interlocuteur. Allons vite la rejoindre...

— Allons... Oui... J'ai quelques choses intéressantes à vous confier, mais je vous dirai cela après la lecture du contrat... Notre conversation risquerait d'être interrompue trop tôt !

Quelques invités arrivaient, en effet, pour chercher Hoffer qui, en leur compagnie, pénétra dans le salon...

Génévrier, ironique, suivait...

— Mes enfants, dit Dupon-Martin, le notaire est là... Ne faisons pas attendre Me Handry...

Me Handry, en homme pressé, venait de s'installer devant une petite table, autour de laquelle les domestiques rangeaient des sièges.

On prit place...

Simone, un peu nerveuse, s'assit à côté d'Hoffer, en face du notaire, qui, dans le plus grand silence, commença la lecture du contrat qu'Hoffer écoutait avec attention.

Simone, elle, n'écoutait pas...

Elle s'inquiétait de ne pas voir Jean Dubreuil, ainsi qu'il l'avait promis...

Arriverait-il assez tôt?

Lui faudrait-il signer cet abominable contrat ?

Pourquoi Jean n'était-il pas là ?

Le secrétaire avait fait une pause...

Il croyait devoir expliquer aux fiancés certains articles.

— Vous avez bien compris, n'est-ce pas ? demanda-t-il.

Hoffer approuva :

— Parfaitement, maître...

Puis il se retourna vers Simone qui précipitamment répondit :

— Oui... oui...

Le notaire sourit avec bienveillance.

Les fiancés n'écoutent jamais les contrats, il savait cela.

Il reprit sa lecture monotone...

Simone rougissait, pâlissait tour à tour, mordue au cœur par la terrible crainte de ne pas voir surgir son Jean...

Enfin, la lecture du contrat avait pris fin.

Le notaire se leva, prit un porte-plume, l'offrit à Simone...

— Mademoiselle, voulez-vous avoir l'obligeance de signer ?...

— Que je signe ! fit Simone effarée...

— Mais oui... fit Dupon-Martin, il faut signer, ma chérie...

Désespérée, Simone se leva, s'approcha de la table, prit le porte-plume, prête à s'évanouir...

Sa main, lentement, se posa sur le contrat...

Une voix impérieuse retentit, dominant toutes les conversations :

— Ne signez pas, Simone !

Elle se retourna... lâcha le porte-plume, fit un pas en avant, s'immobilisa... clouée sur place par l'émotion...

En même temps, un triple cri de stupeur, de colère et d'effroi s'échappait des lèvres de Dupon-Martin, de Génévrier et d'Hoffer :

«...Jean Dubreuil !... »

CHAPITRE XX

TROIS APPELS DE TROMPE

Isidore Cognac était rentré de fort méchante humeur.

Justine, sa bien-aimée, celle qui dévait être sa femme, lui avait posé un « lapin ».

C'est ainsi qu'il conta sa mésaventure à Pierre, le docile et patient confident de ses amours.

— Comprends-tu ça, toi... mon brave idiot ?... Elle me donne rendez-vous pour nous entendre définitivement au sujet de notre mariage, et elle ne vient pas...

« Voilà deux heures que je fais le « poireau » sur la place à attendre Mademoiselle, et rien, rien...

« Ah ! il faudra que ça change quand nous serons mariés.

« Certes, Justine est une belle fille, mais il ne faut pas qu'elle s'imagine qu'elle portera la culotte...

« Jusqu'ici, j'ai fait le petit garçon, j'ai obéi à toutes ses fantaisies, mais sacré tonnerre ! un homme est un homme après tout... pas vrai... essence de gourde... crème d'imbécile...

« Quand on pense que, depuis onze jours que j'ai eu mon premier rendez-vous, j'ai pas pu obtenir un baiser sous prétexte que j'avais promis le mariage...

« Oui... mon vieux... pas le moindre bécot...

« Et après, quand j'ai dit que nous nous marierions, voilà-t-il pas qu'elle refuse encore de se laisser embrasser...

« Si Justine était une petite jeune fille qui ne connaîtrait rien de la vie, je comprendrais à la rigueur qu'elle soit troublée par la présence d'un brave garçon comme moi. Mais je ne suis pas tombé de la dernière pluie, mon cher, et j'ai pas eu besoin que cette gaillarde me fasse sa confession pour deviner qu'elle a dû se faire embrasser dans les coins par d'autres loustics que moi...

Pierre ricana niaisement.

Isidore Cognac se rebiffa :

— Y a pas de quoi rigoler, idiot. Ce que je dis, c'est la vérité.

« Ah ! mais, entendons-nous, hein !

« Parce que Justine s'est laissé faire la cour, ça ne veut pas dire qu'elle ne soit pas une honnête fille... C'est comme ta bonne amie à toi, Mlle Dupon-Martin.

« Vous avez flirté ensemble que je suppose, et tu ne t'es pas gêné pour lui prendre un bécot et même plusieurs quand vous étiez seuls.

« Mais je suis sûr et certain qu'il ne s'est rien passé et que ta fiancée apporte à Hoffer une vertu intacte.

« Eh bien ! ma Justine, c'est kif-kif.

« J'en mettrais ma main au feu.

« On rigole, mais on est honnête.

« Pour ce qui est de la bagatelle rien à faire...

« C'est de ces femmes qui convoitent le conjungo et qui se feraient couper en morceaux plutôt que d'accorder quoi que ce soit avant le mariage.

« Et au fond, en y réfléchissant, j'aime autant ça...

« Ça prouve que j'aurai une petite femme sérieuse et qui saura remettre à leur place les lascars qui se permettraient de lui faire la cour.

« Tout de même, vu qu'il s'agit de moi, de moi Isidore Cognac, je trouve qu'elle va fort...

« La vertu, c'est une belle chose, mon garçon, mais faudrait pas en abuser...

« Et, entre nous, mon vieux, je commence à en avoir plein le dos de toutes ces manières...

« Puisque je l'aime et qu'elle m'adore, je ne veux plus admettre qu'elle refuse de me laisser l'embrasser sous prétexte que ça me semblera meilleur quand nous serons mariés...

« On n'a pas idée de ça !... Pas même un baiser !

« Et moi, je suis si bête devant elle, que je dis toujours oui... Mais faut que ça finisse !

« D'abord demain, j'arriverai en retard au rendez-vous, je l'agonirai de sottises et si elle veut mon pardon... il faudra qu'elle m'embrasse...

Pierre, qui écoutait généralement comme plongé dans un ravissement stupide les conférences amoureuses de son geôlier, semblait ce soir-là fort distrait...

Il faisait craquer ses doigts, se dandinait, écoutait les bruits lointains de la rue avec une sorte d'impatience...

Isidore finit par remarquer son attitude...

Il se fâcha...

— Dis tout de suite que je ne t'intéresse pas, imbécile...

« Oui ou non, veux-tu faire attention à ce que je te dis ? Tu es là à t'agiter comme si tu attendais quelque chose ou quelqu'un.

Dans la rue, l'appel strident d'une trompe d'auto se fit entendre.

Pierre tressaillit.

Deux fois encore, l'appel retentit.

— Or donc, recommença Isidore, voici comme j'entends procéder à l'avenir avec Justine...

— Idiot !

Isidore Cognac resta bouche bée...

Il n'en croyait pas ses oreilles...

— Idiot !

Une seconde fois, son prisonnier, le fou, l'imbécile, le crétin, venait de lui jeter à la face cette appellation insensée.

Isidore, étourdi, comme s'il avait reçu un coup de massue sur le crâne, bégaya :

— Non... mais... non... mais... des fois ! tu la perds, mon garçon. C'est-y que tu serais encore plus maboul qu'on ne le suppose ?

— Idiot ! répéta pour la troisième fois Pierre.

Et il marcha vers lui.

Le geôlier, ahuri, remarqua que son prisonnier souriait d'un air menaçant, que ses yeux avaient perdu leur expression égarée, et que rien dans son allure ne décelait cette stupidité qui était le signe caractéristique de son aspect.

— Mais nom d'une pipe !... jura-t-il, est-ce que par hasard ?...

— Je n'ai jamais été fou, coupa Pierre.

« Les seuls idiots, c'est toi, ton patron et tous les gens qui ont cru que j'étais Jean Dubreuil.

« Mais assez causé. Donne-moi tes clefs, je suis pressé. On m'attend. Tu as entendu l'appel du chauffeur... mon auto est dans la rue.

Avec un rugissement de colère, Isidore Cognac se rua...

Il avait compris, enfin.

Il fonça tête baissée contre son adversaire.

Pierre s'effaça, évita le choc, et au moment où Isidore passait près de lui il lui assena sur la nuque un si vigoureux coup de poing que le geôlier, étourdi, s'aplatit sur le parquet.

Mais c'était un robuste garçon, accoutumé à « encaisser » les coups...

Il se releva presque aussitôt et, avec un cri de rage, il se précipita de nouveau.

Mais il s'arrêta en hurlant.

D'un formidable coup de poing à la mâchoire, Pierre arrêta son élan en même temps qu'il lui envoyait un coup de pied bas au-dessus de la cheville.

Isidore Cognac roula à terre.

— Cochon, il m'a cassé la jambe !

— Non, dit tranquillement Pierre, je n'ai pas voulu ; j'ai eu pitié de toi. Puis, je t'ai des obligations ; tu as été un facteur fidèle, tu m'apportais sous le ruban de ton chapeau des lettres que Justine m'adressait et auxquelles je répondais par le même procédé...

— Justine !

— S'est fichue de toi, mon bonhomme ! Elle s'est laissé faire la cour pour pouvoir communiquer avec moi, sache-le...

Cette vérité assomma Isidore Cognac.

Justine transformée en facteur lui parut une chose insensée...

Tant de perfidie le désempara, le livra sans défense à son prisonnier qui put le fouiller tout à son aise et s'emparer des clefs...

— Ah ! minute, dit Pierre en possession des précieuses clefs... Tu es bête, mais canaille. Tu serais capable, moi parti, de téléphoner à ton chef, l'illustre Génévrier, ou à d'autres individus de son acabit... Il importe que je prenne mes précautions... Je vais te ficeler et te poser sur mon lit, où tu pourras dormir jusqu'à demain...

« Une nuit est bien vite passée. Et si par hasard on t'oubliait... eh bien, mon Dieu ! cela serait tant pis pour toi... Car tu n'es guère intéressant.

Isidore, entendant ces paroles, voulut se révolter, mais un coup d'escabeau sur la tête l'engourdit pour quelque temps...

Il ne devait revenir à lui que bien après le départ de Pierre qui, consciencieusement, le ligota et le jeta sur sa couchette...

— Je me suis assez ennuyé dans cette prison ; il est juste que mon geôlier s'ennuie un peu à son tour.

« Au revoir, mon petit Cognac, au revoir et merci. »

Ces derniers préparatifs terminés, Pierre passa dans le cabinet de travail de Génévrier, consacra quelques instants à examiner les papiers qui encombraient son bureau, et fit main basse sur des documents intéressants qu'il emporta dans une serviette, puis quittant enfin sa prison, il ferma à double tour la porte d'entrée.

Dans la rue un taxi attendait devant la porte.

Justine, la casquette sur l'oreille, se tenait devant la voiture.

— Ah ! monsieur Pierre, c'est pas trop tôt... je commençais à avoir le taf.

« Nous allons être en retard, vous savez...

— Votre amoureux m'a donné du mal, Justine. Il ne voulait pas entendre raison. Quel fichu caractère ! J'ai dû employer des moyens énergiques.

— Pas possible ! montez sur le siège ; vous me raconterez cela. Sacré Isidore ! Il a dû faire une bouillotte de vous voir filer...

Tous deux prirent place ; l'auto démarra...

Pierre raconta gaiement à Justine la triste fin de l'amour d'Isidore.

La fiancée de Prosper se divertit fort des mésaventures du geôlier...

— J'espère qu'il m'oubliera dans votre prison... la sienne à présent, dit-elle. Ça lui apprendra d'abord à vous garder, et ensuite à me faire la cour... Courtiser Mme Justine Mézan, non, mais, chez qui ?

— Entendu, dit Pierre, et maintenant causons de choses sérieuses... Jean ?

— Il est avec Prosper à l'aérodrome.

— Et Mlle Simone ?

— On est en train de la fiancer. Pourvu qu'on arrive à temps, avant la signature...

— Ne pouvez-vous accélérer ?

— Dans un instant, quand on sera hors de Paris... nous brûlerons les kilomètres ; pour l'instant, ça serait pas prudent...

« C'est pas à cause des accidents, mais c'est les agents qui nous arrêteraient et qui nous feraient perdre du temps pour nous dresser une contravention.

Heureusement, on approchait des fortifications...

Bientôt on fut en rase campagne, et Justine fila à toute allure...

Enfin, l'auto arriva dans la cour du château, et Pierre courut, bousculant tout le monde, jusqu'au salon où se signait le contrat...

Dans le ciel bleu, un point apparaissait.

Le bruit à peine perceptible d'un moteur arriva jusqu'à Justine, qui scrutait l'horizon, et qui s'écria, empruntant à Prosper son répertoire :

— Chic... ça va gazer ! Un Dubreuil dans la maison, l'autre dans les airs ! Si le nommé Hoffer se tire de là, ça sera un « as ».

CHAPITRE XXI

LES AILES DE L'AMOUR

L'apparition de celui que tout le monde prenait pour Jean Dubreuil avait causé chez tous les invités un émoi bien compréhensible.

La plupart n'ignoraient pas que Simone avait dû épouser l'aviateur...

Ceux qui ignoraient ce détail savaient, par contre, par les journaux, les aventures de l'aviateur masqué, disparu, puis retrouvé, transporté mourant chez sa mère...

Aussi on peut s'imaginer de quelle étrange curiosité furent saisis tous les gens qui se trouvaient là en voyant apparaître celui qu'on n'attendait pas, le seul qui aurait dû ne pas assister à ce contrat...

On pressentit un drame, un scandale.

Leloup et Daurisse s'approchèrent, dévisagèrent curieusement le nouveau venu.

Dupon-Martin rompit le premier le silence.

Il interpella Pierre avec hauteur :

— Monsieur, de quel droit vous permettez-vous de venir troubler une cérémonie de famille où votre présence est une nouvelle insulte, après l'affront que vous nous avez fait à ma fille et à moi ?

« Après avoir dédaigneusement repoussé la main de ma fille à qui vous aviez fait croire que vous l'aimiez... »

Pierre l'interrompit sèchement :

— Monsieur, je ne suis pas ici pour mon plaisir, j'exécute les ordres de l'aviateur masqué...

— De l'aviateur masqué ! s'écria Simone... mais alors...

— Alors, dit vivement Génévrier, il résulte de ceci cette vérité que seuls connaissaient quelques personnes, Hoffer et moi entre autres. Cet individu n'est pas l'aviateur masqué, cet homme n'est pas Jean Dubreuil...

Simone faillit s'évanouir...

Que voulait dire cela ? Jean serait-il donc mort, et cet homme qui lui ressemblait...

Elle prit son père par le bras, se blottit contre lui...

— Père ! gémit-elle... Jean !... mon Jean !...

— Il va venir, mademoiselle, dit Pierre souriant, écoutez... Jean Dubreuil n'a qu'une parole.

On entendait le ronflement d'un moteur...

— Mais alors, monsieur, dit Dupon-Martin suffoqué, qui êtes-vous ?

— Un aventurier ! s'écria Génévrier...

— Un imposteur ! dit Hoffer...

— Oui, dit Pierre se croisant les bras, c'est vrai... aussi vrai que M. Génévrier et l'espion Karl Strauss ne sont qu'une seule et même personne, aussi vrai que le pilote Hoffer n'est pas Hoffer, mort depuis trois ans en prison...

Il allait continuer, mais Leloup et Daurisse se jetaient sur lui.

— Ah ! enfin, on te tient... tu raconteras tes boniments au juge, mon bonhomme.

— Il ment ! dit Génévrier... Je suis Français ! d'origine suisse... Je suis né à Genève.

— Moi aussi ! dit Hoffer, non moins pâle. Je suis blessé de guerre... Je suis Hollandais, et je me suis engagé pour servir la France...

On s'indigna aussitôt contre le faux Dubreuil qui osait accuser ces braves gens.

— C'est monstrueux !

— Une pareille accusation...

— C'est un misérable...

— Un aventurier...

— Un espion payé pour salir les braves Français qui ont fait leur devoir...

— Emmenez-le...

— Qu'on le fusille...

— A l'eau, le gredin...

Tous les poings se levaient vers Pierre qui souriait dédaigneux...

Les femmes enragées l'insultaient.

Simone se jeta devant lui.

— Vous êtes des lâches ! cria-t-elle indignée, vous insultez un homme sans défense... Que lui reprochez-vous ?

Des huées éclatèrent... Les hommes, froissés, apostrophèrent Dupon-Martin éperdu... Les femmes se retournèrent ricanantes contre Simone qui, courageusement, faisait face à tous, et dont la beauté excitait la jalousie.

Elles tenaient enfin leur vengeance.

Frémissante, hautaine, Simone lança :

— Vous êtes mes hôtes ! messieurs et mesdames, vous avez le droit de m'injurier. Je suis trop polie pour vous chasser de la maison qui vous accueillit en invités et en amis.

Pierre, qui avait dit un mot à voix basse à Leloup, se dégagea doucement, et dit à Simone d'une voix vibrante :

— Dans deux minutes, ces gens vous acclameront, mademoiselle... Ecoutez, écoutez... Voici le vengeur ! Voici le justicier !

Comme par enchantement, le silence se fit soudain.

Un avion atterrissait sur la pelouse

La curiosité fut plus forte que la colère.

On courut vers les fenêtres.

Le pilote pénétrait déjà dans le château.

On entendit dans les corridors le pas pressé de ce visiteur venu par les airs.

Il apparut sur le seuil du salon.

Sur son visage, il portait un masque de velours.

Un « Oh ! » de stupeur jaillit de toutes les lèvres, immobilisa les spectateurs de cette scène.

— L'aviateur masqué ! gronda Leloup. Le vrai !...

— C'est lui ! dit tout bas Pierre à Simone.

— Jean... Jean ! cria-t-elle éperdue...

« A moi ! mon bien-aimé, viens me défendre !

Elle courut à lui, tomba défaillante dans ses bras.

Jean l'embrassa sur le front, retira son masque et le jetant au loin :

— Brigadier Leloup, cria-t-il, je vous apporte un ordre urgent de votre chef. Le voici !

« C'est l'arrestation immédiate de Karl Strauss, dit Génévrier, et de Hans Brühl, dit Hoffer, accusés d'espionnage, de vol et d'assassinat.

« Arrêtez ces hommes !

Mais cela était plus facile à dire qu'à faire.

Profitant du tumulte causé par ces paroles, Génévrier et Hoffer sautaient au même moment par la fenêtre, tandis que quelques dames jugeaient à propos de s'évanouir.

Daurisse hurla :

— La gaffe, Leloup !... Réparons la gaffe !...

Il voulut s'élancer à la poursuite des bandits, mais le désordre et l'émoi étaient à leur comble... On se bousculait, on s'interpellait.

Le premier, Pierre, jouant des coudes, se fraya un passage, s'élança à la poursuite des fuyards, suivi de loin par Daurisse et Leloup qui criait, tout en courant de toutes ses forces :

— Pas la peine de courir, je vous dis... mes agents sont là !...

Mais Pierre, à travers le parc, précipitait sa course folle.

Hoffer était devant lui.

Il allait l'atteindre, se venger, venger Jean.

Un coup de feu...

Pierre chancela, tomba...

D'autres coups de feu...

Leloup et Daurisse à leur tour tiraient.

. . . .

Au château, le bruit des coups de revolver avait achevé d'affoler les invités, dont beaucoup, en hâte, gagnaient leur auto, appelant les chauffeurs, tandis que les autres, échauffés par la discussion, se prenaient de querelle et s'apostrophaient sans aménité.

Jean Dubreuil avait conduit Simone dans un petit salon et la rassurait.

— Ma mère va venir dans l'auto que conduit Prosper, et elle aura l'honneur de demander officiellement votre main à M. Dupon-Martin qui, cette fois je l'espère, ne parlera pas de la parole donnée à Hoffer.

Justement, Dupon-Martin arrivait, affolé, hors de lui.

— Inconcevable ! Je deviens fou ! Je perds la tête !... Mon cher ami, votre ami, monsieur... Chose... Dubreuil... l'autre, enfin... on vient de le rapporter blessé par ces scélérats.

— Pierre blessé !

— Oui, je l'ai fait transporter dans une chambre... il n'y a pas de médecin... et le notaire... oui, monsieur, mon notaire Handry a une crise. Un notaire épileptique un jour de contrat, un fiancé assassin, un inconnu blessé, et puis vous qui étiez mort et fou, et qui êtes vivant... Ma raison s'égare. Ah ! mon Dieu... on se bat encore. Ecoutez...

« On se querelle. Ecoutez ce vacarme. Oh ! ma tête ! quelle aventure, quel scandale ! Fuyons, Simone, fuyons vite !...

— Non, dit Simone. Allons, Jean, allons soigner votre ami. Père, conduis-nous à sa chambre.

Dupon-Martin obéit docilement.

Il n'avait plus de volonté, ne savait plus ce qu'il faisait.

Pierre, étendu sur un lit, souriait à la femme de chambre qui étanchait le sang de sa blessure.

— Ce n'est rien dit-il à Jean et à Simone. L'épaule trouée tout simplement ; cet Hoffer est un maladroit. Il est presque aussi maladroit que Leloup.

Jean, très ému, alla vers lui.

Il n'avait pas revu Pierre depuis sa

chute en avion, alors qu'il ignorait quels liens du sang le rattachaient à lui.

Les deux hommes se regardèrent.

Jean se pencha, les bras ouverts.

— Mon cher Pierre ! dit-il.

Puis, à mi-voix :

— Mon cher frère...

Les deux hommes s'étreignirent longuement.

Simone avait entendu les derniers mots de Jean.

— Ah ! murmura-t-elle, je comprends tout à présent !

Et elle entraîna tout le monde hors de la chambre pour ne pas gêner l'entretien des deux frères.

Elle était rayonnante...

Mais d'autres émotions étaient réservées à Dupon-Martin, qui s'était réfugié dans son cabinet de travail.

D'abord, l'arrivée de Mme Dubreuil venant demander la main de Simone, puis l'annonce par Prosper d'une bagarre dans le parc et aux environs du château... des agents blessés, l'arrestation par Justine et par lui des deux bandits armés aux mains de Leloup et de Daurisse, accourus à temps pour prêter main-forte.

Justine, obligeamment, s'était proposée pour conduire au dépôt Hoffer et Genévrier, maîtrisés et à moitié assommés par Leloup et son collègue qui les escortaient jusqu'à leur prochain domicile.

Autour de Dupon-Martin souriaient Simone dans les bras de Mme Dubreuil et Prosper qui, goguenard et gaffeur, laissa tomber ces mots :

— Ça, c'est une chouette soirée de fiançailles...

Dupon-Martin crut devenir fou !

. . . .

Il put constater, trois mois après, qu'il était sain de corps et d'esprit, le jour du mariage de Simone et de Jean Dubreuil, de Justine et de Prosper...

Jamais couples ne donnèrent l'impression de bonheur parfait que donnèrent les quatre jeunes mariés...

Il y avait peu de monde au mariage...

Quelques amis sûrs seulement et les membres de la famille.

Simone n'avait voulu aucun de ses amis, aucun de ceux qui avaient insulté Pierre — celui qui ressemblait tellement à Jean...

— Il vous ressemble comme un frère, dit-elle malicieusement à son mari en se rendant à l'église...

Et comme Jean, inquiet un peu, la regardait :

— Supposez, mon Jean aimé, dit-elle vivement, que je n'ai rien dit... et que j'ai cette opinion que Pierre est un peu pour vous comme un frère qui n'en serait pas un...

— Ah ! dit Jean, je vais tout vous dire !...

— Oh ! dit Simone, en portant son doigt rose à son front. Inutile, je sais tout, à présent...

. . . .

Pierre Quinchard occupe dans les colonies la situation intéressante d'agent général de la Compagnie des aéroplanes Dupon-Martin et Dubreuil.

On le cite pour son caractère sérieux, son travail, sa conduite exemplaire...

Il écrit souvent à Jean et à Simone, et encore plus souvent à Mme Dubreuil, qu'il appelle : « Ma chère mère ».

Mme Dubreuil ne peut se passer de ses lettres et désire ardemment voir arriver le moment où Pierre pourra revenir en France, car, à sa grande surprise et sans qu'elle puisse s'expliquer ce sentiment, elle aime Pierre comme s'il était son second fils.

Simone, malicieusement, prétend que Mme Dubreuil préfère Pierre à Jean.

A quoi elle répond avec une douceur attendrie :

— Où serait le mal ? Pierre a été malheureux, il n'a jamais connu sa maman. En étant un peu la sienne, je répare les injustices du sort.

Le vieux bûcheron Damien et sa fille Louise habitent une petite propriété dont Mme Dubreuil a fait don aux braves gens.

— Et Leloup ? et Daurisse, dit Gustave ?

Ceux qui s'intéressent à nos deux policiers n'ont qu'à acheter un journal du mois d'avril dernier ; ils pourront y lire ces quelques lignes qui les renseigneront sur le brillant avenir des deux inséparables :

PRÉFECTURE DE POLICE

« Sont nommés : inspecteur de la « Sûreté, le brigadier Leloup ; briga- « dier, l'agent Daurisse, Gustave, « pour avoir tous deux fait preuve « d'une remarquable initiative et d'un « exceptionnel courage dans l'arresta- « tion de Karl Strauss et de Hans « Brühl. »

Isidore Cognac, délivré deux jours après avoir pris bien involontairement la place de Pierre, fut trouvé, par les agents venus pour perquisitionner chez Weistermann, dans un tel état d'imbécillité qu'il fallut l'envoyer immédiatement à Sainte-Anne...

Le malheureux fou passe son temps à traiter tous ses camarades « d'idiots ».

CINÉMA-BIBLIOTHÈQUE

Collection d'ouvrages splendidement illustrés par les PHOTOGRAPHIES DES FILMS CINÉMATOGRAPHIQUES

> Les œuvres projetées à l'écran et publiées en librairie par les Éditions Jules Tallandier sont toujours en concordance avec les films. Se méfier d'ouvrages similaires ayant des titres analogues et ne portant pas la firme :
> Éditions JULES TALLANDIER

Série à 2.50 le volume

MARCEL ALLAIN
- Les Parias de l'amour.

ARTHUR BERNÈDE
- Impéria.
- L'Homme aux trois masques.
- L'Aiglonne.
- Vidocq.
- Mandrin.

HENRI CAIN
- Reine Lumière.

PIERRE DECOURCELLE
- Gigolette.
- Quand on aime.
- La Baillonnée.
- La Brèche d'enfer.
- Les Deux Gosses.

ADOLPHE D'ENNERY
- Les Deux Orphelines.

ROBERT FLORIGNI
- Les Rôdeurs de l'air.

ARNOULD GALOPIN
- Taô.

PIERRE GILLES
- L'Enfant-Roi.

RENÉ JEANNE
- Paris.

A. DE LORDE ET M. LANDAY
- Forfaiture.

ALFRED MACHARD
- Le Loup-Garou.

H.-J. MAGOG
- L'Enfant des Halles.
- Le Film du Parc de Versailles ou la Fille de Mme de Larsac.

JULES MARY
- La Pocharde.
- La Fille Sauvage.
- Roger-la-Honte.
- La Maison du Mystère.
- La Goutte de Sang.

PIERRE MARODON
- Le Diamant Vert.

MARODON ET ROUSSELL
- Violettes impériales.

ÉMILE RICHEBOURG
- Andréa-la-Charmeuse.

H. SIENKIEWICZ
- Quo Vadis.

GEORGES SPITZMULLER
- L'Homme sans nom.

CHARLES VAYRE
- Gossette.

CH. VAYRE & R. FLORIGNI
- L'Aviateur Masqué.
- L'Héritière du Rajah.

MICHEL ZÉVACO
- Le Pont des Soupirs.
- Buridan le héros de la Tour de Nesle.
- Triboulet.

Série à 3 fr. le volume

ARTHUR BERNÈDE
- Surcouf, roi des Corsaires.

A. BERNÈDE ET L. FEUILLADE
- Judex.

PAUL DAMBRY
- Mylord l'Arsouille.

RENÉ JEANNE
- Le Fantôme du Moulin Rouge.

PIERRE GILLES
- Le Vert-Galant.

E.-M. LAUMANN
- La Closerie des Genêts.

PIERRE MERCOURT
- Les Fils du Soleil.

LÉON SAZIE
- Enfants de Paris.

CHARLES VAYRE
- La Nuit de la Revanche.
- Le Réveil de Maddalone ou les 50 Ans de Don Juan.

Hors-série 3 fr. le volume

RENÉ JEANNE
- La Terre Promise, *d'après le film de H. Roussell.*

JEAN-CHARLES REYNAUD
- La Tragédie de Lourdes, *d'après le film de Julien Duvivier.*

Pour paraître successivement :

- Le Fantôme de l'Opéra (Hors-série). par GASTON LEROUX
- Le Château de la Mort lente. . . par RENÉ JEANNE
- De la Douleur au Pardon. . . par E.-M. LAUMANN
- Les Murailles du Silence. . . par CHARLES VAYRE
- Le Cœur des Gueux. . . . . par MARCEL PRIOLLET
- Le Forgeron de la Cour-Dieu. par PONSON DU TERRAIL

OUVRAGES DIVERS

Format in-16 12 × 18,5

ANDRÉ ARMANDY
- Le Nord qui Tue . . . . . . 1 vol. 6.75
- Le Yacht Callirhoé . . . . . 1 vol. 6.75

EUGÈNE BARBIER
- Florine la Fleur du Valois . . 1 vol. 7.

G. de BEAUREGARD
- Mieux vaut Aimer. . . . . . 1 vol. 6.75

S.-C. BENATTAR
- Le Bled en Lumière . . . . . 1 vol. 6.75

ALBERT BOISSIÈRE
- Celle que j'aime. . . . . . 1 vol. 6.75

P.-H. CAPDEVIELLE
- Berméo-la-Sauvage . . . . . 1 vol. 6.75

DELLY
- Le Mystère de Ker-Even . . . 1 vol. 6.75
- L'Ondine de Capdeuilles . . . 1 vol. 6.75
- Le Roi de Kidji . . . . . . 1 vol. 6.75
- Elfrida Norsten . . . . . . 1 vol. 6.75

CHARLES GÉNIAUX
- Les Patriciennes de la Mer . 1 vol. 6.50

GASTON LEROUX
- Les Ténébreuses, La Fin d'un Monde. 1 vol. 7. »
- Du sang sur la Néva . . . . 1 vol. 7. »
- Le Fantôme de l'Opéra. . . . 1 vol. 7. »
- La Poupée Sanglante. . . . . 1 vol. 6.75
- La Machine à Assassiner. . . 1 vol. 6.75

MIRQUINGÉ
- Le Chasseur de chez Maxim . 1 vol. 6.50

MUNIER-JOLAIN
- Les Treize Femmes de Maître Gaultier 1 vol. 6.75
- Scènes de la Vie de famille en France au XVIIe Siècle 1 vol. 6.75

TAVANO et YONNET
- Quelques Histoires de Cinéma . 1 vol. 5. »

PROFESSEUR X
- La Guerre Microbienne. . . . 1 vol. 6.50

Éditions JULES TALLANDIER, 75, rue Dareau, PARIS (XIVe)

Imp. R. GIRARD, 4, Rue Régis, PARIS (6e)

www.ingramcontent.com/pod-product-compliance
Lightning Source LLC
LaVergne TN
LVHW012020220826
846092LV00001B/421

9782329755076